가명과 별명의 카니발
류경동 문학평론집

가명과 별명의 카니발

류경동 문학평론집

써네스트

머리말

잡지에 발표했거나 단행본의 해설로 수록했던 글을 정리해 하나의 책으로 묶는다. 오랜 시간 띄엄띄엄 방향 없이 걸어온 흔적들이라 수습이 어려웠다. 시를 쓰고 문학을 공부하면서 줄곧 시적인 것에 대해 고민했다. 시의 본질이라니. 이 어리숙한 질문은 개념과 체계를 얻지 못한 채 여전히 이 책의 활자들 사이를 떠돌고 있을 것이다.

이론이나 담론에 기대지 않고 시 자체를 꼼꼼하게 읽는 것이 이 책의 방법론이다. 작품의 새로운 의미와 가치를 발견하고 그것의 좌표를 그리기보다 텍스트에 새겨진 시인의 경험과 직관을 일상의 언어로 풀어내는 것에 집중하고자 했다. 명명에 미숙하고 분석보다 해석이 우세한 것은 비평의 안목이 부족한 때문이다. 그나마 좋은 시들을 만나 다행이었다. 이 책에서 볼 만한 구절이 있다면, 그것은 시인들의 혜안과 언어에서 파생된 것이다.

고마운 분들이 많다. 물정 모르고 느리기까지 한 제자를 온화한 미소로 지켜봐주신 이기서 선생님. 글을 쓸 수 있게 배려하고 독려해주신 강연호 선생님. 두 분이 살펴주신 덕분에 이 책이 나올 수 있었다. 책의 기획과 출판에 힘써주신 강완구 형께도 감사드린다. 내 공부의 짐을 나눠 짊어진 가족들에게 고맙고 미안한 마음으로 이 책을 바친다.

2018년 1월 류경동

차례

1부

하나의 이름 그리고 가명과 별명들의 카니발

1. '하나의 이름'을 찾아서

라(Ra)는 많은 이름을 가지고 있었는데, 그에게 신들과 사람을 다스리는 전
능의 권력을 준 위대한 이름은 그 자신 외에는 아무도 몰랐다. (프레이저,
『황금가지』)

신들의 세계를 동경하던 주술사 이시스(Isis)는 태양신 라(Ra)의 권능
을 탐해 그의 비밀 이름을 훔치기로 한다. 이시스는 노쇠한 라의 입에서
흘러나온 침과 흙을 모아 뱀을 만들고 그것을 제2왕국으로 가는 길에 풀
어 놓는다. 신들을 거느리고 그 길목을 지나던 라는 이시스가 풀어놓은
뱀에게 물리고 만다. 고통스러워 하는 라에게 이시스는 숨겨진 이름을
말하면 독을 제거해 주겠다고 한다. 온몸에 독이 퍼져 그 고통을 견딜 수
없게 되자 태양신은 이시스에게 이름이 옮아가는 것을 허락하고 신의
권능을 잃어버린다. 숨겨진 비밀의 이름을 탐지한 이시스는 신들의 여
왕, 위대한 여신이 된다.

신화시대에 이름은 존재 그 자체였다. 이름이 없는 것은 존재하지 않

은 것이었으며 이름의 부여는 곧 존재를 소유하는 힘을 상징했다. 이름이 존재의 전제조건이었다는 것은, 이집트 신화에서 창조 이전의 세계를 '어떤 것도 이름을 가지지 않을 때'라고 표현한 것이나 구약 창세기의 명명(命名) 행위에서도 확인된다. 또한 이름의 소유는 대상의 소유를 의미했다. 아담이 동물에게 이름을 부여하고 그들을 지배했듯이 이시스는 라의 이름을 소유함으로써 신의 권능을 얻는다. 존재를 발생시키는 이러한 명명 행위에서 기호는 즉각적인 현현의 형식으로 사물을 드러낸다. 이때의 언어들에서 기호와 대상의 자의적 관계란 존재하지 않는다. 사물과 언어는 따로 떨어져 존재하지 않았으며 신성한 언어는 사물의 신성함을 내포한 것으로 여겨졌다. 그러나 일찍이 인간과 세계, 사물과 언어의 내적 연관은 파괴되었으며 바벨탑은 그런 세계의 붕괴를 상징한다.

시는 언어와 사물이 맺고 있었던 내밀한 조응관계의 회복을 꿈꿔 왔다. 사물의 즉각적인 현현을 가능케 하는 언어를 복원하는 것이 시적 언어의 궁극적인 지향점이었다. 신화에서 이름이 존재와 언어의 마법적 관계를 현시하는 계기였듯이, 시에서 이름은 사물과 언어의 내밀한 관계의 흔적을 암시한다. 또한 호명 혹은 명명의 형식은 시 자체의 본질적 구조를 함축하기도 한다. 시의 본질이 은유이고 은유는 명명의 형식으로 치환될 터, 시는 항상 새로운 이름을 찾아가는 여정에 다름 아니다. 명징한 은유가 대상의 본질을 직관적으로 현시하는 것이라면, 궁극의 은유는 사물의 본질에 가장 근접한 혹은 사물 자체와 등가인 사물의 이름을 찾아내는 것이다. 그러므로 시적 언어의 벡터는 무수히 많은 이름들을 향해 무한히 퍼져가는 방사형이 아니라, 대상 자체를 현현케 하는 '하나의 이름'으로 수렴되는 형태를 띠게 된다. '하나의 이름'이란 사물을 투명하게 현시하는 언어이며 궁극적으로 단 한 번 발음되었던 참 이름일 것이다.

그러므로 서정은 하나의 이름, 즉 신성한 언어의 복원과 그 언어가 발화되던 세계의 회복을 지향한다. 서정이 지향하는 근원적 세계는 언어와 사물이 분리되지 않으며 타자의 언어가 존재하지 않는 세계라 할 수 있다. 그 세계는 존재한 적이 없으며 그러므로 회귀 자체가 불가능할 수도 있지만, 그 가상의 동일성에 기반한 언어와 대상의 등식은 서정을 가능케 하는 가장 본질적인 요소일 것이다.

바벨탑의 붕괴로 상징되는 근원적 세계의 상실 이후, 서정의 언어는 잃어버린 세계와 대상의 재현 가능성을 탐색하는 도구가 된다. 그러나 언어가 세계와 대상을 지향하면 할수록 언어는 본래적인 의미의 마법적 성격을 잃어버린다. 대상과 의미를 표상(re-presentation)하면서 언어는 흔적이나 표면이 되어 버린다. 여기에서 근대시의 난처함이 발생한다. 시의 언어가 함축적일수록 대상과의 일의적 관계는 무너지며 그 거리 역시 멀어지게 된다. 시에서 '이름'은 텅 빈 기호로, 부재하는 대상을 표상하는 역할을 하게 된다.

언어가 대상을 지향하는 한, 이름은 고유명사가 아니라 대(代)명사에 불과하다. 그러나 대상에의 지향과 실재의 재현을 포기할 때 구성과 종합의 시적 언어는 파기되고 선형적인 의미의 질서는 붕괴된다. 최근의 시적 경향들에서 기존의 유기적 질서를 떠받치는 인식소들이 해체되는 현상은 이런 내적 변화와 연관된다. 이런 시적 경향들의 꼭짓점에 황병승의 시가 자리한다. 참 이름은 무수히 많은 언어로의 확산되는 것이 아니라 하나의 이름을 찾는 것이라 할 때, 그 이름을 찾는 새로운 모색은 어떤 방향으로 나아가게 되는가. 이 글은 황병승의 시를 이름의 문학사적 지평 위에 올려놓는다. 이 새로운 서정기계의 나침반은 어느 방향을 가리키고 있을까.

2. 붕괴된 세계, 흩어진 이름들

근대 이후 한국시가 직면한 결핍과 부재의 상황은 불우한 정치·사회적 환경만을 의미하지 않는다. 근대 문학이 자리하는 지평은 보다 근원적이고 비극적인 조건을 토대로 한다.

산산히 부서진이름이어!
虛空中에 헤여진이름이어!
불너도 主人업는이름이어!
부르다가 내가 죽을이름이어!

心中에남아잇는 말한마듸는

싯싯내 마자하지 못하엿구나.

사랑하든 그사람이어!

사랑하든 그사람이어! (김소월, 「招魂」 부분)

「招魂」의 비극적 조건은 서정적 화자와 시적 대상 사이에 놓인, 측정할 수 없이 아득한 거리에서 형성된다. "하눌과땅사이가 넘우넓구나."에서 환기되듯이, 하늘과 땅 사이의 가늠할 수 없는 넓이는 곧 화자가 느끼는 절망의 깊이에 대응한다. 삶과 죽음의 아득한 거리는 님의 부재라는 상황에 본질적인 비극성을 부여한다. 이 망연한 거리 앞에서 끝내 하지 못한 "心中"의 "말한마듸"는 결코 소산될 수 없는 마음의 응어리이다. "이름이어!"와 "사람이어!"의 반복 사용은 부르는 행위의 애절함과 격한 슬픔의 감정을 그대로 드러내며, 영탄으로 마무리되는 이들 구문은 대답없는 호명의 절망감과 단절감을 강화한다.

흥미로운 것은 시상 전개가 "그사람"이 아닌 "그대의이름"을 매개로 이루어진다는 점이다. 이름은 망자를 표상한다. 이 시에서 "이름"은 산산히 부서져 허공 중에 흩어진다. 이 호명에 대답이 있을 수 없으므로 이름은 가 닿을 곳이 없다. 다만 깨진 채 허공을 떠돌며 부재하는 "주인"을 표상할 뿐이다. 죽음이 가져온 이름과 주인의 분리, "산산히 부서진" 이름과 대답없는 호명은 사물과 언어의 연관이 무너진 세계상을 상징한다. 호명은 부재의 형식으로 존재하는 "그사람"을 표상하며 이름은 '혼'

을 불러오는 매개가 된다. 이름은 대상을 지향하지만 그 호명은 희미하게 남은 대상과의 연관을 기억할 뿐이다.

대상과 분리된 세계에서 이름은 부재하는 대상을 표상하는 텅빈 기호에 불과하다. 윤동주의 「별 헤는 밤」은 이름의 환기를 통해 현실의 고독과 고통을 위로하려고 한다.

> 어머님, 별 하나에 아름다운 말 한디씩 불러 봅니다. 소학교 때 책상을 같이 했던 아이들의 이름과, 패(佩), 경(鏡), 옥(玉) 이런 이국 소년들의 이름과 벌써 애기 어머니 된 계집애들의 이름과, 가난한 이웃사람들의 이름과 비둘기, 강아지, 토끼, 노새, 노루, '프랑시스 잠' '라이너 마리아 릴케', 이런 시인의 이름을 불러 봅니다. (윤동주, 「별 헤는 밤」 부분)

유년의 벗들과 이웃들, "강아지, 토끼, 노새, 노루"와 같은 온순한 동물들, 그리고 "프랑시스 잠"과 "라이너 마리아 릴케"는, 그 이름을 떠올리는 것만으로도 시적 화자를 행복하게 만든다. 그립고 소중한 것들은 별처럼 멀리 있지만 이름을 부르는 행위는 그들을 되살릴 수 있다. 별을 헤며 추억의 이름을 불러보는 행위는 행복했던 시간으로의 귀환을 암시하며, 별과 기억과 내면의 조응을 상징한다. 여기서 호명은 곧 '회감'(Vergegenwärtigung)에 다름아닌 것이다. 조화로운 시공간으로부터 떨어져 나온 화자에게 호명은 그 시공간으로의 회귀를 가능케 한다. 그러나 그런 화해가 항구적일 수는 없다.

이 시의 말미에 "밤을 새워 우는 벌레는/부끄러운 이름을 슬퍼하는 까닭입니다."에서, "부끄러운 이름"은 이런 화해가 일시적인 것임을 드러낸다. 별빛이 쏟아지는 언덕에 자신의 "이름자"를 쓰고 흙으로 덮는 행위는 부끄러움의 표현이다. "덮어버리었습니다."에서 환기되는 체념의 정조는 "별"과 "아름다운 말"들로부터 너무 멀리 와버렸다는 자기 확인으로부터 파생된다. 기억 속의 존재들은 그 모습 그대로 영원한 그리움의 대상이지만, 속세의 시간 속에서 풍화되어 가는 자아는 누추한 존재일 뿐이다. 화자의 시선이 "별"과 함께 "아름다운 말"을 상기하는 것으로부터 "부끄러운 이름"을 슬퍼해 밤을 새워 우는 "벌레"로 옮겨가면서, 그리움은 부끄러움과 슬픔으로 치환된다.

윤동주의 「별 헤는 밤」은 이름과 시적 대상의 조응 관계를 가상함으로써 현실의 고통을 위로받고자 한다. 그러나 이런 화해의 태도는 궁극적으로 근원적인 상실을 전제로 하며 시의 말미에서처럼 차가운 현실의 재확인으로 귀결된다. 시에서 이름은 대상과의 일의적 관계를 상정함으로써 대상을 환기하며 시는 호명 혹은 명명의 방식을 통해 존재를 회복하고자 한다. "내가 그의 이름을 불러 주었을 때/그는 나에게로 와서/꽃이 되었다"(김춘수, 「꽃」)에서처럼, 소통과 복원의 행복한 가능성이 노래되기도 하지만, 근대시에서 이름은 부재하는 대상의 흔적을 대신할 뿐이다.

신새벽 뒷골목에

네 이름을 쓴다 민주주의여

내 머리는 너를 잊은 지 오래

내 발길은 너를 잊은 지 너무도 너무도 오래

오직 한 가닥 있어

타는 가슴속 목마름의 기억이

네 이름을 남몰래 쓴다 민주주의여 (김지하, 「타는 목마름으로」 부분)

"나"는 오래도록 잊었던 대상의 이름을 "쓴다". 호명과 달리, 쓰는 행위 혹은 새기는 행위는 정치성을 내포하며 "뒷골목" "남몰래"는 이름을 쓰는 행위에 긴장감을 부여한다. 망각의 상태가 심한 갈증의 상태라면 이 시가 처한 정치적 상황은 정상일 수 없다. 화자는 "이름"을 "머리"나 "발길", 이성과 습관이 아닌, "목마름"의 기억으로 찾아낸다. 이름의 절박함이 갈증이라는 내적 감각에 기대면서 이 시는 강한 환기력을 지닌다. 이름을 쓰는 행위는 대상에 대한 화자의 간절한 열망을 상징하지만 그것이 대상 자체를 대신할 수 없다. 부재는 이름을 쓰는 행위로 해소되지 않는다. 그러므로 이 시의 절박한 갈망은 시 바깥을 지향할 수밖에 없다.

근대의 서정은 언어와 사물의 연관이 깨진 세계를 살아감에도 불구하고 그 흔적들을 회복하려 한다. 대상과의 연관을 기억해 그것의 이름을 회복하려는 방식은 사물과 언어의 내적 조응이 깨진 시대에 서정이 존재하는 하나의 방법이기도 하다. 바벨탑 이후 시는 깨져버린 세계를 배경으로 하며 사물과 언어의 파편화를 환경으로 할 수밖에 없었다. 그럼에도 이름은 신성한 것, 가치있는 것을 표상한다. 「招魂」이나 「별 헤는 밤」, 「타는 목마름으로」에서 대상은 이름의 형식으로 현상한다. 여전히 이름은 대상과의 연관성을 지니지만, 이들이 대상을 대신할 수 없음을 확인하는 지점에서 이 서정적 언어의 가능성은 봉쇄된다. 이름은 그저 텅 빈 기호가 될 뿐이다.

3. 가명들 혹은 별명들

황병승의 시에서 존재를 정의하는 방식은 '나는 ~이다'가 아니라 '내 이름은 ~이다'의 형태로 나타난다. 이때의 이름은 존재를 대신하는 기호이며 구별과 지칭의 표지가 된다. 그런데 그의 시에서 이름들은 가명이거나 별명에 가깝다. 황병승은 기존의 규칙에 따른 명명을 거부한다. 관습적인 질서와 체제가 부여한 이름은 회의되고 그것의 발화는 거부된다. 황병승의 시에서 이름은 '고유명사'가 아니며 더 이상 특화된 기호가 아니다. 「판타스틱 로맨틱 구름」에서 이름은 "시시한" 것일 뿐이다.

변덕쟁이 여자는 늙도록 이곳저곳을 흘러다니며 구름만큼이나 많은 남자들
을 만났다 어디를 가든 누구를 만나든 나의 이름은 구름이다, 구름만큼이나
시시한 소개를 늘어놓으며 판타스틱 로맨틱 언덕에서 첫아이를 뚝 떼어 만

들고 이름 모를 호수와 굴뚝을 옮겨 다니며 구름만큼이나 많은 아이들을 남

겨둔 채 어디론가 흩어졌다 구름만큼이나 가벼운 짓이었다 어머니 없이 자

란 소녀들은 어느새 주먹만한 유방을 달고 어머니를 쏙 빼닮은 얼굴로 크고

작은 고민에 빠진다 아름다운 것 비극적인 것에 이끌려 진정한 로맨스란 무

엇인가 만남과 이별 눈물과 후회 날마다 수다를 떨고 솜털의 소년들은 소녀

들의 꽁무니를 따라다니며 나의 이름의 구름이다, 구름만큼이나 낡아빠진

목소리로 위대한 것 웅장한 것을 노래하느라 정신이 없다 꿈속의 수많은 아

버지들이 짓다 허문 모래성이라는 것 이미 들통났는데…… 창밖의 판타스틱

로맨틱 소년 소녀들은 뭉쳤다 흩어지고 다시 뭉쳤다 흩어지며 오후 내내 구

름만큼이나 시시한 짓들을 벌이고 있었다 (황병승, 「판타스틱 로맨틱 구름」)

「판타스틱 로맨틱 구름」은 흩어졌다 뭉쳤다를 반복하는 "구름"과, "소
년"과 "소녀"의 삶을 병치한다. "이름은 구름이다"나 "판타스틱 로맨틱"
과 같은 단어와 구절의 반복 혹은 변주는 가볍고 경쾌한 시의 표면을 형
성한다. "아름다운 것 비극적인 것"에 이끌리는 "소녀들"이나, "낡아빠진
목소리로 위대한 것 웅장한 것"을 노래하는 "소년들"은 "판타스틱"하고
"로맨틱"한 세상을 열망하지만, 실상 세상은 낡고 시시할 뿐이다. 그리
고 이것은 전혀 새로운 사실이 아니다. 이 시의 재미는 현실의 환멸을 드
러내는 데 있지 않고, 그것조차 "이미 들통났는데……"라고 까발리는 데
서 발생한다.

　"여자" 혹은 "소년들"은 "나의 이름은 구름이다"라고 선언한다. "구름"

은 "많은" "시시한" "가벼운" "낡아빠진"의 의미를 내포한다. 무정형의 구름은 떼어놓아도 구름이고 다시 합쳐도 구름이다. 구름은 의미없는 반복이며 가볍고 시시할 뿐이다. 그러므로 "나의 이름은 구름이다"는 무정형으로 떠도는, 시시하고 흔하다는 의미를 갖는다. 결국 "나의 이름은 구름이다"는 '나의 이름은 익명이다'로 번역된다. 이런 명명의 형식에서 이름은 아무것도 표상하지 않으며 대상으로 환원되지 않는다. 특히 그 이름이 기성의 질서에 기반한 것일 때 그 이름은 조롱되고 배척된다. "내 이름은 한낱 마미 로봇으로부터의 '썸 비치', 그러니까 이것은 '어떤 년'의 노래"(「썸 비치some bitch들의 노래」)에서 화자의 이름인 "썸 비치"는 "한낱 마미 로봇"이라는 기존 질서가 부여한 이름이다. "어떤 년"이라는 욕설은 기성의 명명법에 대한 모욕이자 부정을 함축한다.

　기존 질서나 관습적 의식이 부여하는 이름을 거부하는 대신, 황병승 시의 인물들은 가명이나 별명의 형식을 취한다. "나는 소문이 싫어 고양이 수염을 잠깐 달았지만/그림자에 지나지 않았어 아직은 별명을 쓴 친구들야"(「핑크트라이앵글배(盃) 소년부 체스 경기 입문(入門)」)에서 "별명"은 본래적 의미 그대로 자신의 본질을 감추는 가면이다. 그것은 소문이 싫어 잠깐 달았던 "고양이 수염"과 같은 것이다. 그 수염을 떼어내면 당장은 웃음거리가 되겠지만 결국은 떨어질 것이다. 맨얼굴에 붙인 "고양이 수염"은 어색한 장식이며 가명이거나 별명이기도 하다. 그러나 가면이나 장식과 유사한 이런 가명이나 별명은 그 자체로 존재의 본질을 현상하기도 한다.

말할 때 코를 만지는 자는 자기 세계에 갇혀 있는 자요 무릎을 긁는 자는 익

살꾼이며

상대의 얼굴을 꿰뚫는 자는 초월한 자이다, 라고

꿈속의 소년이 말했다

새 이름을 지어주러 왔니

코를 만지며 내가 물었다

대답 대신 소년이 건네는 한 장의 사진,

시코쿠가 기차에 오르고

잘 가 나를 잊지 말아라

시코쿠였던 자가 역에 남아 손을 흔든다

죽을 때까지 어떠한 이름으로도 불려지지 않으리

속삭이는 두려움이여 나를 풍차의 나라로 혹은 정지

(일 년 열두 달 내가 움켜쥐고 있던 것들이 제자리로 돌아가려 할 때, 금세

밋밋해지던 나의 목소리여 손바닥을 칼로 푹 찌르며 외로운 신사 시코쿠 시

코쿠)

당신만 죽어 없어진다면 나도 내 자리로 간다!

그러나 세계를 이해한다는 건 애초부터 그른일. 사로잡히다, 라는 건 무슨

뜻일까요

아저씨의 세계를 내어주세요

꿈속의 소년이 돌아섰다

무시무시한 이름인걸

무릎을 긁으며 내가 말했다

시코쿠가 기차에서 뛰어내리고

시코쿠였던 자가 도망친다

제발 좀 나를 무시하라!

(달이 한 뭉치의 구름으로 피 묻은 얼굴을 쓰윽 닦아내고 컹 컹 컹 무섭게 짖

어대는 밤! 치마를 갈가리 찢으며 외로운 여장남자 시코쿠 시코쿠)

감추거나 혹은 드러내거나 6은 9도 되어야 했으므로

나의 옛 이름은 언제나 우스꽝스러웠다 (황병승, 「시코쿠」 부분)

    황병승의 첫 시집 제목이기도 한 "여장남자 시코쿠"는 그의 시세계
를 이해하는 데 중요한 단서가 된다. 이 시에서 "시코쿠"는 "외로운 숙
녀"-"외로운 신사숙녀"-"외로운 신사"-"외로운 여장남자"라는 별명을 지

닌다. 하나의 인물 안에 여성과 남성이 동시에 존재하는 상황임을 알 수 있다. 특히 "여장남자"라는 별명은 시코쿠의 정체성을 함축한다. "여장"은 표면이고 "남자"는 심층이라 할 수 있다. 보통 어떤 옷을 입느냐는 중요한 일이 아니다. 표면보다 심층의 속성이 중요하므로 옷은 정체성을 가름하는 본질적인 기준이 될 수 없다. 그러나 여기서 "여장"은 단순한 껍데기가 아니다. "여장남자 시코쿠"는 여장을 한 남자가 아니다. "여장"은 자신의 성 정체성을 드러내는 적극적인 의사표현체이다. 그러므로 "여장(표면)"은 "남자(심층)"와 동등한 것이 된다.

「시코쿠」 혹은 「여장남자 시코쿠」는 성 정체성의 혼란을 말하고 있지만 특정 젠더로의 전환을 다루지 않는다. 이 시에서 "새 이름"과 "옛 이름"은 갈등관계를 형성한다. "시코쿠"는 "6"과 "9"의 두 세계를 오간다. 이 시는 화자의 꿈과 현실이 혼란스럽게 겹쳐지고, "소년"과 "아저씨", "시코쿠"와 "시코쿠였던 자"가 "신사숙녀"에서처럼 연접한다. 그들은 "감추거나 드러내거나" "가지도 오지도" 않는 모호한 중간 지점에서 서성거린다. "당신만 죽어 없어진다면 나도 내 자리로 간다!"에서처럼 "당신"과 "나"의 난처한 동거는, 이 시의 "시코쿠"가 갈등과 혼란의 상황에 던져져 있음을 암시한다. 이런 정황은 시적 화자가 경계면에 서 있기 때문에 발생한다. "옛 이름"은 우스꽝스럽지만 벗어버릴 수 없으며, "새 이름"은 갖고 싶지만 여전히 두렵다.

트랜스젠더를 이해하면서도 그들이 하나의 성을 선택해 살아가기를 기대하는 것은, 양성에 기초한 기존 질서의 관념이다. 그러므로 하나의 이름은 기존 질서로의 편입을 의미한다. "시코쿠"는 "새 이름"과 "옛 이름" 중 하나를 선택하느니 차라리 이름 자체를 거부해 버린다. "어떠한 이름으로도 **불려지지 않으리**"에서 이런 '양성'의 도식이 폐기된다. 예측과 의지를 내포한 이 구절에서 시코쿠는 구분에 기초한 기존 질서를 부정하고, "여장남자"이고 "신사숙녀"라는 기묘한 출구를 찾아나선다. 복수의 주체에게는 복수의 이름이 필요하며, 그 복수의 이름은 가명이거나 별명의 형식으로 부여된다. "여장남자"의 충격 때문에 잘 읽히지 않는 "외로운"이라는 수식어는, 복수의 이름을 끌어안고 새로운 생을 찾아가는 시코쿠의 심리적 정황을 드러낸다.

황병승의 시는 이런 경계면에 방법적인 좌표를 설정함으로써 형성된다. 그의 시들은 '여성/남성', '꿈/현실', '아이/성인', '동화/포르노그래피', '실제/환상'이 겹쳐지는 데서 발생한다. 서로가 각자에게 이질적인 황병승의 시는 사실과 착란의 상태를 넘나듦으로써 이성이 지배하는 현실 세계와 기성의 질서를 교란한다. 그의 시에서 이제 '정상/비정상'의 구분은 의미를 상실한다. 경계면에 설정된 좌표는 유동적이며 늘 미끄러진다. 어느 쪽으로 기울지 않음으로 인해 동일성으로 환원되지 않는다. 고정점을 설정하지 않으므로 의미의 소실점 역시 존재하지 않는다. 이제 이름은 그것이 지칭하는 의미로의 환원이 불가능해진다. 복수로 설정된 주체는 복수의 이름을 갖고, 고유한 것들이 부정되면서 고유명사의 역할은 흐려지고 마는 것이다. 이런 점에서 그의 이름들은 가명이거나 별명들이다. 그것은 실제를 드러내면서 실제를 가리며, 표면이면서 동시에 심층이라는 기묘한 구조를 현상한다. 황병승의 시가 진지하면서도 가볍고 유쾌할 수 있는 것은 본명 대신 가명이나 별명을 사용하기 때문이기도 하다.

4. 뒤죽박죽 작명술

「시코쿠」에서 표면과 심층의 구획은 의미를 잃는다. 기표(옷)는 기의(육체)와 일치하지 않으며 기의는 기표로 포섭되지 않는다. 표면과 심층의 어긋남은 황병승의 시에서 명명이 주체 혹은 대상의 정체성이나 본질을 규정하지 못함을 의미한다. 그의 시들에서 이름은 곧잘 부정되거나 훼손된다. "누구에게도 불려지지 않는 이름"(「버찌의 계절」)이나 "이름을 지우고"(「비의 조지아」) 혹은 "이름을 지워"(「고백 기념관」)에서처럼 이름은 불려지지 않거나 지워야 하는 대상이 된다. 또한 이름은 의심받거나 사라지곤 한다. "어찌하여 그대는 나의 이름을 의심하는가"(「여장남자 시코쿠」)나 "진짜 장면은 어디에도 존재하지 않는걸 사라진 나라 사라진 이름"(「니노셋게르미타바샤 제르니고코티카」)에서처럼 이제 이름은 불완전하고 모호한 것, 혹은 흔적없이 사라져 가는 것이 된다. "나의 이름은 구멍 난 혓바닥"(「고백 기념관」)에서처럼 이름은 발화될 수조차 없다. 명명은 이름을 통해 존재에 이르는 것이고 대상에 도달해야만

한다. 그러나 황병승의 시에서 이름은 대상이 없는 기호일 뿐이다. 그러므로 황병승의 시에 등장하는 숱한 이름들은 가명이거나 별명이다. 황병승의 시는 이런 가명들과 별명들을 쏟아내는 작명기계라 할 수 있다. 가령,

그리고 나, 나는 지금까지 열거한 이들의 정원을 관리하는 사람이다 이름은 혼다. 렌과 함께 살고 있으며 그와 언제부터인가 서로의 일기를 적어주는 사이. (황병승, 「혼다의 오·세계(五·世界) 살인사건」부분)

이소룡 청년 차력사인 아버지의 쉴새없는 잔소리에 머리가 늘 깨질 듯이 아팠다 쌍절곤 휘두를 힘도 없다 가끔 정키 씨를 불러 리밍을 시켰다 (황병승, 「에로틱파괴어린빌리지의 겨울」부분)

치정에 얽힌 살인사건을 다루는 것처럼 보이는 「혼다의 오·세계(五·世界) 살인사건」에서 "혼다"는 등장인물과 사건을 관찰하고 기록하는 인물이다. 오토바이 이름 혹은 게임 캐릭터를 연상시키지만 이름의 연원이란 중요하지 않다. 스스로 하나의 기호임을 드러내는 이미지일 뿐이다. 서정적 화자가 곧잘 작가 자신으로 유추되는 데 비해 황병승의 시에서 그런 추측은 무의미하다. "나"는 "혼다"가 아니며, 등장인물을 합친 것보다 항상 과잉이다. 「에로틱파괴어린빌리지의 겨울」에서 "이소룡 청년"은 이소룡을 모델로 했지만 그와는 전혀 다른 성격으로 그려진다. 그는 차

력사인 아버지 밑에서 주눅들어 살다가 불길이 마을을 휩쓸자 차력사인 아버지를 때려눕히고 "아비요!"를 외친다. 황병승 특유의 장난기와 함께 아버지로 상징되는 질서의 전도와 탈주를 나타낸다.

"주치의 h", "시코쿠", "으나", "리타", "힙합소년j", "저팔계 여자", "니노셋게르미타바샤 제르니고코티카", "아홉소(ihopeso)氏", "로제" 등은 특정한 문화적 경험을 토대로 만들어졌을 뿐, 그것의 기원을 살핀다는 것은 무의미해 보인다. 독특하고 이색적인 이름들은 한국 문학에 등장했던 "마돈나", "소냐" 혹은 "나타샤"와는 다르다. 문화적 맥락과 취향이 뒤섞인 시적 상황에서 이름 곧 주체는 인식과 사유의 소실점이며 의미의 원천이라는 구조는 붕괴된다. 이런 이름들은 사물 혹은 대상과의 연관을 상실한 기호가 그 자체로 존재할 수 있음을 암시한다. 이런 측면에서 황병승의 시적 언어는 새로운 구성의 가능성을 보이기도 한다. 파격적인 황병승의 작명술이 이채로운 대목이다.

> 엄마의 이름은 어쨌든 '한 남자의 손길을 기억하는, 장미의 가시가 할퀴고
> 지나간 어떤 여자의 상처'다 내 친구들 중엔 더 긴 이름을 가진 애들도 있다
> (황병승, 「트랙과 들판의 별」 부분)

"엄마의 이름"은 명명의 통상적인 형식을 해체한다. 기존 질서와 규칙에 의해 부여된 이름이 아니라 대상의 본질을 담아내는 이름에 가깝다. 그것은 마치 『걸리버 여행기』에서 라퓨타의 수학자들이 구사하는 언어

처럼 사물 자체를 환기하는 언어와 유사하다. 황병승의 시는 하나의 이름을 생성하기 위해 새로운 언어를 찾아가고 있는 것처럼 보인다.

문친킨 문친킨

스위트 워러의 말이다

언제부터인가 나는 이 말을 자주 중얼거린다

배고플 때

외롭거나

답답할 때

잠이 오지 않는 밤

머릿속이 온통 뒤죽박죽일 때

뒤죽박죽으로 출렁거릴 때

담배를 뻑뻑 피우며

문친킨 문친킨…… 하고 말이다 (황병승, 「문친킨-미치mich를 생각하며」

부분)

그의 시가 완연한 구어의 세계라는 것은 어조뿐만 아니라 이런 이름 짓기에서도 드러난다. "스위트 워러"는 'sweet water'가 아니라 '/swiːt wɔːtə(r)/'이다. 'sweet water'가 사전적 이름이라면, '/swiːt wɔːtə(r)/' 혹은 "스위트 워러"는 구체적으로 발화된 이름일 것이다. 그 이름은 불릴 때마다 바뀌는, 살아있는 이름이다. "스위트 워러"의 말인 "문친킨" 역시 사전의 언어는 아니다. "무슨 뜻일까"라고 묻지만 "무슨 뜻이든/그저 문친킨 문친킨일 뿐"이라고 대답한다. 그것은 "멍청해진 존재를/삽시간에 빨아들이는/마력을 가지고 있는 것이다." 뜻이야 아무래도 상관없다. 외롭고 답답할 때 흘러나오는 것, 그래서 위로가 되는 것이 노래이고 시이다.

시어로서의 "문친킨"은 화자의 말대로 묘한 언어적 힘을 지닌다. 반복할수록 입에 감긴다. "'문친킨"은 뜻이 없으므로 그 자체로 투명한 언어이다. 어떤 것도 표상하지 않지만 주문이나 진언(眞言)처럼 힘을 갖는다. 기호가 사물이 되면 표상의 구조는 약화된다. 아무 것도 표상하지 않는 상태에서 시적 언어의 새로운 가능성이 나타나는 것이다.

5. 회전하는 서정의 나침반

전복과 도착, 문화적 혼종으로 인해 이미지와 언어의 과잉 상태에 놓인 듯이 보이는 황병승의 시에서 오염되지 않은 언어를 찾아가려는 시도는 그 자체로 이채롭다. 어떤 의미에서 황병승의 시는 현대판 동화에 가깝다. 충격적인 소재와 파격적인 형식에 가려진 낡고 오래된 목소리에 귀기울여 볼 필요가 있다. 신성한 언어는 사라진 신전의 상자에 봉인된 채 존재하는 것이 아니다. 그것은 끊임없이 미끄러지며 언어들 사이를 떠돌고 있는지 모른다. 그의 시에 나타나는 낡은 이름의 거부와 뒤죽 박죽 뒤섞인 작명술의 기저에는, 사물과 언어의 연관을 새롭게 모색하려는 의도가 읽히기도 한다. 심층이나 의미의 소실점을 약화시킴으로써 기호의 새로운 가능성이 드러나는 것이다.

수상한 시절이다. '문학의 죽음' 혹은 '예술의 종말'이 거론되고 그것이 일시적인 혼란인지 근원적인 변화인지조차 판단하기 어려운 실정이다. 보편적 서정의 붕괴와 서정시의 균열을 우려하는 목소리가 들려온다. 난 세의 서정이 가야할 길에 대한 예언들이 난무하기도 한다. 새 것에 대한 기대와 걱정이 합작해낸 어수선함의 연속이다. 새로운 모색과 실험이 주 목받으면서 변하지 않는 것은 그대로 낡은 것이 되는 시대인 듯하다.

이런 혼란의 와중에 비평의 무력함에 대한 지적이 있다. 이제 '지금 여기'의 시에 대한 비평은, '지금 여기'의 비평에 대한 반성적 접근을 전제로 한다. 실체 혹은 근원을 거부하고 이성적 언어와 구조화를 회피하려는 작업을 이성적 분석의 틀로 환원하는 것의 유의미성은 되물을 수밖에 없다. 황병승을 둘러싼 비평적 논의가 활발한 것은, '지금 여기'의 비평이 지닌 근본 문제와 한계를 되묻는 방정식이 작동하기 때문이다. 황병승의 시가 지니는 탈주와 전복의 역학은 이광호의 말처럼 동시대의 뇌관이다. 여전히 어떤 고정점도 설정하지 않으므로 이 서정기계의 나침반은 항상 회전한다.

시선, 주체 그리고 심연의 현상학

-김명인론-

1. 시인(詩人)과 시인(視人)

시인은 가시성의 세계뿐 아니라 그 균열의 심연과 시간의 파동까지 보는 자이다. 그는 시적(視的) 대상의 경계를 허물어 세상의 주름을 투시함으로써 시적(詩的)인 것의 한계를 넘어서려 한다. 그러므로 시인에게 시선은 혜안이자 굴레이다. 시인 혹은 현인은 가장 먼저 눈을 뜬 자이지만, 가장 멀리 내다보고 가장 깊이 들여다봐야 하는 운명을 갖는다. 시인은 이렇게 저버릴 수 없는 시선을 소유한 채 이 세상을 떠돌며, 봄으로써 보이고 읽음으로써 읽힌다.

여기 눈이 밝은 시가 있다. 형형한 눈빛이 닿는 곳에서 집과 길, 사막과 바다가 펼쳐지고 생성과 소멸은 몸을 바꾸며 출렁인다. 그 풍경들이 근원적 형상의 파편임을 알기에 시는 고행의 짐을 벗지 못한다. 유년의 송천동에서 동두천과 베트남으로, 다시 유타의 사막과 비단길을 거쳐 바다로 이어지는 기나긴 시적 순례에 소실점이 있다면, 그것은 하나의 풍경을 찾아 헤매는 시인의 눈일 것이다. 시인은 부서진 세계의 흔적을 발견해내고 그 조각들의 사라진 연관을 재구함으로써 하나의 풍경을 지향한다. 이를 위해 그의 시선은 소멸과 망각을 견디며 지속의 시간과 단절의 심연을 응시하려고 한다. 김명인의 시는 이런 시선을 짊어진 자의 행적이다.

2. 풍경의 펼쳐짐 그리고 파문

풍경은 자연세계에서 사물과 배경을 잘라내어 새롭게 포개놓음으로써 구성된다. 이때 정신과 욕망은 시선의 형식으로 사물의 선택과 배열에 작용하며, 시선에 의해 노출과 심도가 조율된 풍경은 새로운 구도와 깊이를 지니게 된다. 여기서 풍경을 구성하는 시선은 가시적 표면을 훑으며 감각에 의해 포착된 단서들을 하나의 단위체로 구조화한다. 김명인의 시에서 '보다'는, 가시성을 포착하는 시선인 동시에 감각을 종합하여 비가시적인 것의 이면을 탐색하는 사유행위를 포섭한다.

김명인의 시에서 '보다'는 동사는 시적 계기이자 구성 원리로 작용한다. "긴 골목길이 어스름 속으로/강물처럼 흘러가는 저녁을 **지켜본다**"(「침묵」)에서처럼, '보다'는 시적 발상이나 시상 전개의 실마리가 되며, 나아가 독특한 의미구조를 발생시킨다. 김명인의 시에서 시적 풍경은 화자의 시선에 조응해 펼쳐짐의 형식으로 스스로를 드러낸다. 가령,

"길 떠난 이래로 석삼 년 만에 비로소/외진 바닷가 한 집에 들다/샛길을 뉘어놓고 민박집 앞 바다를 종일토록 **바라본다**"로 시작해 "잎사귀 너머 바다가 책장을 넘기면 구부러지는 활자 사이/내가 읽은 낯익은 일몰 **펼쳐져 있으리라**"로 마무리되는 「부활」이나, "숨이 남아 펄떡거리기도 하는 물고기를 보면/시속 40킬로 수심이 전광판처럼 눈앞에 **펼쳐진다**"라고 표현한 「가다랑어」에서처럼, 풍경은 화자의 시선 끝에서 펼쳐진다. 시선과 풍경의 관계가 '보면-펼쳐진다'의 의미구조로 환원되는 것이다. 그것은 시선의 양극에 자리하는 주체와 대상이 동일한 지평 위에 존재함을 전제로 한다.

김명인의 시들은 바라보는 주체와 풍경의 펼쳐짐이라는 형식을 통해 삶과 죽음, 기억과 망각이라는 존재의 근원적 국면에 천착한다. 『바다의 아코디언』과 『파문』 그리고 『꽃차례』로 이어지는 일련의 시집들은 일상적 사물과 그 흔적에 대한 응시를 통해 존재와 시간성을 탐구하고 있다.

> 연기군 조치원읍 봉산동 그 향나무를 만나고 나서
> 틈 날 때마다 남의 일기장을
> 들춰보는 버릇이 생겼다
> 손짓과 표정 사이에 시간을 섞어 그대에게 들키는
> 내 침묵의 전언처럼
> 사백 년도 더 된 향나무 한 그루의 내력이
> 고해성사로 읽혀진들 스스로 옮겨 앉지도 못해

滅門 되어버린 이웃의 폐가에게

이 집 연보를 새삼 들춰보일 필요가 있을까

문짝까지 뜯겨져 나간 폐가 마당에서 주운

조치원여고 2학년 梅반 이영금

1979년의 학생증으로도 나는 밤늦도록 불 밝히고 앉아

서른서너 살 내 행적을 되짚어볼 테지만

그때 무성했던 가시조차 메말라버린 지금

어떤 가지가 여기 뿌리내리고 살아온

향나무의 지체라는 것일까 (「향나무 일기장」 부분, 『파문』)

이 시에서 "향나무"는 변화를 함축한 지속의 시간을 의미한다. 삼십 초반에 무성했던 "가시"조차 메말라버린 "나"의 역사와 몇 대를 넘기지 못하고 "滅門"이 되어버린 "폐가"들이 소멸의 시간을 나타낸다면, 사백 년을 넘기고도 여전히 푸른 "향나무"는 지속의 시간을 체현하고 있다. 본래의 줄기를 알 수 없을 정도로 무성하게 자라나는 나무는, 끊임없이 흘러 변화하지만 항상 흐름의 형식을 유지하는 강물처럼, 시간의 마모를 견뎌내는 지속의 상징이다.

시인은 이런 "향나무"를 "古宅"에 비유한다. 통상 고택들이 유장한 역사에 걸맞는 흥미로운 이야기를 하나 둘 품고 있듯이, 사백 년이 넘은 이 "古宅" 역시 기구한 사연을 품고 있을 법하다. 이런 향나무의 "연보"와 "내력"은 "일기장"으로 표현되고, 몸 자체가 일기장인 향나무의 역사는

침묵의 형식으로 전달된다. 침묵의 형식으로 이루어지는 "고행성사"는 읽는 주체와 읽히는 대상이라는 의미구조를 성립시킨다. 그리고 "손짓"과 "표정"으로 전달되는 "침묵의 전언"처럼 향나무의 내력은 가시적 대상이 된다. "나"의 시선에 대응해 향나무는 자신의 시간을 들춰 보이는 것이다.

> 썩은 밑동을 시멘트로 채워 넣고서도
> 靑瓦를 잔뜩 이고 선 저 집채를 **바라보면**
> 몸의 노쇠와 정신의 퇴화가 별개인 양 무겁게 **읽히지만** (「향나무 일기장」
> 부분, 『파문』)

"밑동"이 썩어감에도 불구하고 여전히 푸름을 잃지 않는 향나무는 "몸의 노쇠"와 "정신의 퇴화"가 무관함을 증명한다. 뻗어나가는 가지들과 "靑瓦"는 무성하게 지속되는 시간을 가시화한다. 여기서 "향나무"는 바라보는 화자의 시선을 향해 스스로를 열어 보인다. "바라보면-읽히지만"의 구조는 "보면-펼쳐진다"와 변주일 터, 여기서 '보다'는 '알다' '읽다'로부터 다시 '상상하다' '해석하다'로 확장된다.

'보면-펼쳐진다'의 형식은 시의 문면에 직접 드러나지 않더라도 근원적인 의미구조로 작동한다. '보면-펼쳐진다'는 시선과 풍경이 상응관계에 있으며 동일성의 지평 위에서 작용하고 생성됨을 암시한다. 시선과 풍경의 유기적 관계는 근원적인 인식가능성을 토대로 한다. 시선은, "속

내를 펼쳐" 보이는 "바다"(「외로움이 미끼」)에서처럼 풍경의 내부에 숨겨
진 형상과 의미를 현현시킨다. 주체의 시선에 조응해 펼쳐짐의 형식으
로 주름과 결을 드러내는 풍경이 '파문'이다.

> 고요해지거라, 고요해지거라
> 쓰려고 작정하면 어느새 바닥을 드러내는
> 삶과 같아서 뻘 밭 위
> 무수한 겹주름들.
> 저물더라도 나머지의 음자리까지
> 천천히, 천천히 파도 소리가 씻어 내리니,
> 지워진 자취가 비로소 아득해지는
> 어스름 속으로
> 누군가 끝없이 아코디언을 펼치고 있다. (「바다의 아코디언」 부분, 『바다의
> 아코디언』)

 생성과 소멸, 질서와 혼돈이 무한히 교차하는 바다는 그 자체로 역설
적 공간이다. 죽음의 심연과 약동하는 생이 찰라의 형식으로 공존하는
바다의 모순성은 불가해한 세계를 상징하기도 한다. 그런 바다를 보며
화자는 인생의 유한성과 허무를 깨닫는다. 파도는 "지치거나 병들거나
늙는 법"이 없으며 스스로의 "생멸"을 거듭한다. "영원"의 바다는 정작
"쓰려고" 하면 바닥을 드러내는 인간의 "삶"과 대비된다. 화자는 바다의

영원으로부터 허무를 인식하고 고요에 침잠하려고 한다. "고요해지거라, 고요해지거라"에 호응하여 "천천히, 천천히" "남은 음자리"를 씻어 내는 파도 소리는, 화자의 이러한 내면적 리듬을 반영하고 있다.

광대무변한 자연의 시·공간 앞에서 느끼는 허무로부터 화자를 지탱하는 것은 관조의 자세이다. 그리고 그런 시선은 모순과 역설의 바다에서 "아코디언"을 건져 올린다. 갯벌에 펼쳐진 "겹주름들"은 악기가 되고 끊임없이 반복되는 파도 소리는 음악이 된다. 끊임없이 접혔다 펼쳐지는 갯벌의 주름과 무한히 반복되는 파도 소리에서 화자는 형상과 규칙을 찾아내는 것이다. 시선은 흔적에서 형상을 구하고 소리로부터 음악을 골라냄으로써 혼돈의 자연에 의미와 질서를 부여한다. 서정의 본질을 연상케 하는 이런 시선을 통해 화자는 바라보는 자로서의 자기 좌표를 설정하며 이로 인해 허무에 함몰되지 않는다.

「바다의 아코디언」에서 갯벌에 새겨진 파문은 무한히 반복되는 자연의 시간이다. 파문은 비가시적인 것을 가시적인 것으로 구현하곤 하는데, 파문의 동심원들은 공간으로 구현된 시간의 한시적인 궤적을 표상한다. 파문은 시간이 스쳐간 흔적이자 그것이 새긴 기억의 무늬이기도 하다. 파문의 수평적 펼쳐짐은 세상의 주름과 시간의 결을 드러낸다. 하나의 기원에서 비롯되는 파문의 동심원들은 세계와 시간의 동질성에 대한 상징이 되기도 한다. 이런 파문의 동심원 안에서 시간의 흔적과 사물의 본질을 들춰내는 시적 상상력은 유효하다. 그리고 이것이 김명인 시의 서정적 본질이기도 하다. 그러나 단절과 소멸의 심연을 만난 시선이 언어로 회귀하지 못할 때, 파문의 동심원은 붕괴되며 풍경은 아득한 블랙홀 속으로 빨려 들어가 버린다.

3. 구멍 혹은 난독의 심연

김명인의 시는 완강한 시각 주체를 상정하며 시선에 의해 구성된 풍경을 재료로 한다. 그러나 시선의 권위가 흔들린다면 지각의 방식은 바뀔 수밖에 없다. "보면 안다"(「흐르는 물에도 뿌리가 있다」)와 같은 명쾌한 진술은 여전히 시적 호소력을 지니기도 하지만, '보다'와 '알다'의 무반성적 연결은 의심받거나 부정되기 마련이다. "돌아설 순간의 그가 두려워져/땀과 비로 얼룩졌을 그의 얼굴을 끝내 보지 못했습니다"(「울타리」)에서처럼, 정치와 윤리를 벗어버린 날 것으로서의 맨얼굴은 차마 대면하기 어려운 것이다. 표정이라는 가면을 뜯어낸 얼굴은 천이나 병풍으로 가리지 않은 죽음처럼 직시하기 힘든 대상이며, 그것은 마치 기원없는 시간과 끝없는 공간이 근대적 표상체계에 포섭되기 어려운 것과 같다.

이제 "이 어둠 좀 봐/망연해서 도무지 실마리를 몰라"(「천지간」)에서처럼 '보다'와 '알다'의 등가관계는 깨져버린다. 이런 등식의 붕괴는 비가시적 실체와의 조우로 형상화된다. 볼 수 없거나 보지만 가늠할 수 없을 때, 시선은 언어로 회귀하지 못한다. 김명인의 시에서 볼 수 없는 대상,

더 이상 펼쳐지지 않는 풍경은 심연 혹은 구멍으로 현상한다. "블랙홀 저쪽의 캄캄한 어둠이/세차게 너를 잡아당긴다"(「구멍」)처럼 막막한 심연의 형식으로 다가오는 '구멍'은, "안 보이는 나락"(「고혈압」)이나 "소용돌이"(「맨홀」), "깊이 모를 우물"(「우물」)이나 "수십 길 낭떠러지"(「매물에들다」), 혹은 "천길 캄캄한 무덤"(「심해물고기」)으로 변주된다. 이런 구멍 혹은 심연의 이미지들은 볼 수 없기에 알 수 없는, 불가해한 대상들이다. 시선은 가 닿을 수 없으므로 의미를 구성하지 못한다. 바라봄이 불가능한 대상 앞에서 시인은 어지러움을 느낀다.

현기증 혹은 "아뜩함"은 심연의 깊이에 대한 감각적이며 내적인 반응이다. "어느 순간에 헛디딘 수십 길 낭떠러지의 현기증!"(「매물에 들다」)나 "누가 맨홀처럼 아뜩하게 꺼뜨리는지"(「구멍」)에서 현기증은 깊이의 아득함에 대한 반응이자 볼 수 없는 깊이 앞에서 시선의 주체가 느끼는 감각이다. 어지럼증은 자아의 내부에서 발생한다. 평형감각의 교란은 무엇보다 시선의 착란에 의한 것이다. 심연에 대한 이런 반응은 심연을 포착할 수 없는 시선의 한계에서 비롯되는 것으로, 김명인의 시에서 이런 어지럼증은 시선을 대신해 불가해한 대상을 포착하는 방식이 된다.

절벽 위 돌무더기가 만든 작은 틈새
스치듯 꽃뱀 한 마리 지나갔다
현기증 나는 벼랑 등지고 엉거주춤 서서
가파른 몸이 차오르던 통로와 우연히 마주친 것인데

그때 내가 본 것은 화사한 꽃무늬뿐이었을까

바닥 없는 적요 속으로 피어올랐던 꽃뱀의 시간이눈앞에서 순식간에 제 사

족을 지워버렸다

아직도 한순간을 지탱하는 잔상이라면

연필 한 자루로 이어놓으려던 파문 빨리 거둬들이자

잘린 무늬들 허술한 기억 속에는

아무리 메워도 메워지지 않는

말의 블랙홀이 있다 마주친 순간에는 꽃잎이던

허기진 낙화의 심상이여!

꽃뱀 스쳐간 절벽 위 캄캄한 구멍은

하늘의 별자리처럼 아뜩해서

내려가도 내려가도 바닥에 발이 닿지 않는다

끝내 지워버리지 못하는 두려운 시간만이

허물처럼 뿌옇게 비껴 있다 (「꽃뱀」,『파문』)

　이 시의 이미지들은 의미에 따라 대립적인 계열 관계를 형성하고 있다. "틈새"와 "통로"라는 구체적인 공간은 "바닥 없는 적요"와 "말의 블랙홀"로 전이되고, 시의 말미에서 "캄캄한 구멍"으로 수렴된다. 그 곳은 "꽃뱀" 혹은 "가파른 몸"이 지나가던 통로였지만, 지금은 "시간"을 삼킨 망각의 장소이다. "캄캄한 구멍"은 구체적인 공간을 지칭하면서 기억과 시간을 빨아들이는 심연을 표상한다. "꽃뱀"과 "꽃잎"이 생생한 시간의 알맹

이라면, "무늬"와 "허물", "낙화"는 알맹이가 빠져나가 텅 빈 시간의 껍질이다. "꽃뱀"과 "꽃잎"에 대응하는 "허물"과 "낙화"는 실체가 남긴 흔적에 불과한 것이다.

이러한 대비적 이미지를 통해 시인은 시간과 기억의 문제를 제기한다. 시인은 "그때 내가 본 것은 화사한 꽃무늬뿐이었을까"라고 묻지만, "두려운 시간만이/허물처럼 뿌옇게 비껴 있다"고 대답한다. 경험의 실체는 명확히 확인되지 않으며, "꽃뱀"에 대한 생생한 기억 대신 허물처럼 "뿌옇게" 흐려진 시간만이 남아 있는 것이다. 허물을 벗는 뱀은 환생과 불멸의 상징이다. 그런 꽃뱀의 시간은 무늬만큼이나 화사하며 생생함으로 반복되는 것이리라. 그러나 화자에게 남겨진 것은 뱀의 "허물"처럼 뿌옇게 흐려진 기억일 뿐이다. 현실의 화자는 재생과 지속의 시간이 아니라, 망각에 의해 단절된 시간과 조각난 기억들 사이에 놓여 있는 것이다.

기억은 자아 동일성의 근거이며 지속의 시간을 가능케 한다. 이에 반해 망각은 경험과 의식의 확실성을 부정하며 그 자체로 시간의 단절을 불러온다. 이 시에서 화자는 "꽃뱀"을 봤다고 생각하지만, 정작 그 "꽃뱀"을 기억할 수 없기에 경험 자체는 회의될 수밖에 없다. 기억의 상실은 시선의 상실인 동시에 언어의 부재이다. 망각은 다시 볼 수 없음을 의미하며 결국 경험의 언어화 자체를 봉쇄한다. 기억할 수 없는 시간의 마디는 블랙홀과 같다. 빛과 시간을 빨아들이는 블랙홀처럼 망각은 언어로 회귀할 수 없는 것이다.

「꽃뱀」에서 "구멍"은 이런 블랙홀이며 기억과 시간의 단절을 상징한다. 망각과 단절은 포착할 수 없으므로 삭제할 수조차 없다. 기억할 수 없기에 잊을 수도 없다는 역설에 봉착하는 것이다. 언어화되지 않으므로 망각할 수 없는 그 상태를 시인은 "구멍"이라는 심연의 형식으로 구체화한다. 그것은 암흑으로 가시화되지만, 텅 빈 실체는 감각의 대상이 아니다. 여기에는 이성적 시선이 가 닿을 수 없으며 따라서 해독할 수도 없다. '현기증'은 바로 이런 구멍 앞에서 발생한다. 「꽃뱀」에서 "캄캄한 구멍"의 "아뜩함"은 "발이 닿지 않는다"라는 구체적인 실감으로 표현된다. 어둠 속에서 허방을 디딜 때의 두려움이란 인간의 본능적인 공포에 가깝다.

구멍은 파문의 깨진 곳에서 생성된다. 구멍은 수직의 깊이를 지니며 시선이 회귀하지 않는 암흑의 형식으로 존재한다. 고요가 청각의 대상이 아닌 것처럼 볼 수 없음 역시 시각의 대상이 아니다. 볼 수 없음을 바라보는 시선은 가시성의 표면을 스쳐가는 시선이 아니다. 그것은 비가시적인 것을 바라보며 구조화하는 시선이다. 그러므로 구멍에 대한 인식은, 볼 수 없음을 바라보는 형식을 취하지만 시선의 회귀가 아닌 현기증이라는 육체적 반응으로 돌아온다.

김명인의 시에서 '봄'과 '앎'의 불일치는 경험의 차원에서 비롯되는 것이겠지만, 이런 균열은 주체의 분열과 인식론적 지평의 변화와 겹쳐 읽히기도 한다. 『꽃차례』에서 심연은 차라리 세계의 본질이기도 하다. 시집의 길목마다 자리하는 '수렁'과 '구멍'은 "망각이라는 골목길"(「대추나무와 사귀다」)처럼 아뜩한 깊이를 지니며, 지각의 한계를 설정한다. 그것은 기억의 상실이라는 실존의 문제이기도 하지만 무엇보다 존재의 시간성에 대한 근원적 성찰, 그리고 시선 주체에 대한 회의를 포괄하는 문제라 할 수 있다.

4. 시선의 성찰 : 바라봄을 바라보기

'구멍'에 대한 김명인의 시적 인식은 심연에의 응시와 현기증이 지닌 미묘한 경험과 인식의 결을 살려낸다. 불가해한 심연에의 응시는 현기증을 유발하지만, 김명인은 삶과 죽음을 묵묵히 바라보는 시적 태도를 견지하려 한다. 김명인의 시세계가 항상 허무와 맞닿아 있으면서도 절망으로 허물어지지 않는 것은 관조의 태도 때문이다. 여기서 바라봄은 지각작용을 넘어 태도와 가치의 문제를 내포하게 된다.

그러므로 김명인의 시에서 '보다'는 '알다'와 '읽다'를 넘어 '견디다'의 의미에 육박한다. 존재를 소멸로 이끄는 것이 시간이라면, 그 시간을 견디려는 시인의 태도는 『바다의 아코디언』의 마지막 작품 「새벽까지」에서 "시간의 무딘 칼날에 베여도" 더 이상 아파하지 않으려는 태도로 제시된다. 이런 견인의 태도는 바라봄을 통해 드러난다.

조금 일찍 당도한 오늘 저녁의 서리가

남은 온기를 다 덮지 못한다면

구들장 한 뼘 넓이만큼 마음을 덮혀놓고

눈물 글썽거리더라도 들판 저쪽을

캄캄해질 때까지 바라봐야 하지 않겠느냐 (「따뜻한 적막」 부분, 『파문』)

「따뜻한 적막」에서 시인은 온건하게 동의를 구하는 방식으로 바라봄의 자세를 강조한다. 여기서 '바라봄'은 '견딤'의 유의어로 읽힌다. 시간을 "견디라고 얼어 죽지 말라고"(「꽃을 위한 노트」) 힘주어 말하는 견딤의 자세와, "下官"(「구멍」)과 "소등"(「消燈」)을 묵묵히 지켜보는 응시의 태도가 하나로 응축되어 나타난다.

시인이 짐짓 "들판 저쪽"이라고 말한 곳이 시선의 방향이자 거리라면, "캄캄해질 때까지"는 시선의 한계를 지칭한다. 시인은 설혹 경계 너머를 볼 수 없을지라도, 볼 수 있을 때까지 봐야한다고 말한다. 여기서 시인의 시선은 대상으로 향하지 않고 바라봄 자체에 고정된다. 바라봄의 자세를 새삼 강조하는 데에는 그것이 시의 몫이고 시인의 자세라는 전언이 감추어져 있다. 김명인은 실존의 조건을 직시하는 것이 곧 근원적인 허무를 견디는 방법이라고 말한다. '시듦'과 '저묾' 앞에서 실존을 응시하고 근원적인 허무를 견디는 태도이다.

물 밑에서 일렁이는 그날치의 인광(燐光), 배후까지.

잠재운 적막이 비로소 와 닿는다

나는 저수지가 어째서 시시로 끓어넘치는지

순한 짐승이 되는지 어느 순간부터 깊은 잠에 빠져드는지

경계를 알고 있다 별자리 지키는 목동처럼

오래고 외로운 관찰이

마침내 그것을 일깨워주었다 (「저수지 관리인」 부분, 『꽃차례』)

「따뜻한 적막」에서처럼 화자는 낮과 밤의 경계에 서 있다. "별자리"에 조응하는 "저수지"의 파문은 숱한 이야기를 갈무리한 채 "적막"으로 잦아든다. "저수지가 저의 사원을 일으켜 세우는" 은밀한 시간을 엿보는 화자는 결국 시인의 분신이다. 그러므로 "오래고 외로운 관찰"은 외롭지만 형형한 시인의 눈빛을 떠올리게 한다. "어느새 끈을 끊고 개가 사라져버린 골목 입구를/혼자서, 혼자서 우두커니 지켜본다."(「봄날」)에서처럼 "혼자서" 세상을 응시하는 시인의 자화상은, 결코 벗을 수 없는 시선의 굴레를 묵묵히 지고 가야한다는 자기 다짐으로 읽히기도 한다.

그런데 이런 바라봄에 대한 새삼스러운 강조는 시학의 본질인 시선에 대한 성찰이라는 의미구조를 지닌다. 시선에서 중요한 것은 지각작용 자체보다 대상과의 거리인 경우가 많다. 시선에서 거리가 중요한 것은 정확한 상을 포착하기 위해서이다. 그런데 어떤 거리에서 바라보는 것이 대상의 정확한 모습인지는 감각적 경험 이전에 이미 결정되어 있다. 그러므로 시선은 의식적이고 제도적이다. 어떤 시에서 감각적 경험이 그 풍요로움을 상실하는 것은 감각 이전에 작용하는 관습적인 마음

의 상들 때문이다. 이미 원근이 조정된 풍경은 더 이상 흥미로운 대상이 아니다. 그러므로 바라봄을 반성적으로 바라보기는 시선 자체의 가능성과 정확성을 유지하는 근거가 된다.

"오래고 외로운 관찰"은 대상을 향한 것이기도 하지만 궁극적으로 시선 자체를 향한 것이기도 할 것이다. 이 겹의 시선이야말로 시선의 윤리적 토대이자 시적인 것의 출발이다. 바라봄을 시적 인식과 방법의 근간으로 하는 김명인에게 바라봄의 바라보기는 보다 근원적인 성찰을 의미하는 것이다. 그리고 그의 시가 서정의 밀도와 언어적 긴장을 유지할 수 있었던 것은 이런 자기 성찰의 시선이 존재했기 때문일 것이다.

5. 시선의 변증법

'보다'는 주어보다 먼저 존재하는 동사이다. 세상과 접촉하는 방식으로 시선이 선택되는 순간, 눈이 열리고 가시적 세계가 펼쳐졌을 것이다. 시선은 주체와 의미를 구성하며 지식과 사유의 원천이 된다. 그러므로 '보다'는 감각과 지각, 사유와 상상을 넘나든다. '만지다'가 직접적이고 날것의 감각을 제공한다면, '보다'는 배열하고 질서짓고 사유한다. 시각이 구성하고 종합함으로써 심층의 의미를 복원하려고 한다면, 촉각은 시선의 질서를 조각내고 고립시켜 의미의 간격을 벌리려 한다. 촉각의 언어가 무작위로 파종된 것처럼 보인다면, 시각의 언어는 내적 질서에 따라 이앙된 것처럼 보인다. 김명인 시는 이런 시각의 언어를 기반으로 한다. 그의 시가 보이는 서정성과 언어적 구성력은 완강한 시선 주체로부터 비롯된 것이리라.

자기 성찰과 인식적론 변화에 의해 회의되기 시작한 시선 주체는 이제 새로운 기로에 서 있는 것으로 보인다. 김명인의 최근 시는 바라봄을 통해 지속과 단절, 기억과 망각의 문제에 천착한다. 그의 시에서 '보다'는 '파문'과 '구멍'의 형식으로 현상한다. 시선에 조응하는 풍경이 스스로를 펼쳐보이는 것이 파문이라면, '구멍'은 시선의 불가능성을 표상한다. 아득한 심연 앞에서 '보면-펼쳐진다'의 구조는 해체되며 시선은 현기증으로 회귀한다. 이런 시적 현상이 작가의 개인적 경험에서 파생된 것인지, 지각 방식의 변화에서 비롯된 것인지 판단하기란 쉽지 않다. 다만 시각의 언어를 해체하고 새로운 감각의 언어들이 모색되는 상황에서 밝은 눈은 혜안일까 맹목일까. 김명인의 시적 여정은 이제 하나의 화두가 된다.

감각과 기억

-정지용의 「時計를 죽임」과 김종길의 「성탄제」 읽기

1. 시적 경험과 무의지적 기억

너무 익숙해서 오히려 낯선 시들이 있다. 참고서와 문제지들에서 보아온 한국문학사의 정전들은 더 이상 불투명한 텍스트가 아니다. 다양한 방식으로 체험되어야 하는 시들은 관습적 시선과 정형화된 독법에 의해 고정된 의미로 수렴되어 버리곤 한다. 투명해진 텍스트는 더 이상 해석과 탐구의 시선을 붙잡아 두지 못한다. 이 커다란 역설 안에서 시들이 지닌 섬광과도 같은 순간은 그 광채를 잃거나 휘발되어 버린다. 정전 해석의 어려움은 텍스트 자체의 난해함에서 오는 것이 아니라 시적 경험의 경화에서 비롯된다. 그러므로 시의 깊이를 들춰보는 것은 일상과 습관에 의해 굳게 봉인되어 있는 시의 진정한 경험들을 풀어내는 일이어야 한다.

프루스트는 무의지적 기억mémoire involontaire을 통해 현실적 삶과 욕망이 상실한 진정한 경험의 복원을 꿈꾼다. 의지적 기억이 생의 실천 법칙에 매여 있는 도구에 불과한 것이기 때문에 삶의 순수한 즐거움을 지니지 못한다면, 무의지적 기억은 우리에게 시간에 대한 참된 인상을 주며 과거에 생명력을 불어넣어 준다. 무의지적 기억에 의해 어느 순간에 잃어버린 듯하나, 실은 우리 내부에 존재하는 과거를 발견할 수 있다. 그리고 이런 무의지적 기억이 살아나기 위해서는 우연한 어떤 현실적 감각이 작용해야 한다. 그 유명한 마들렌느의 과자 맛처럼.

현재의 감각은 과거의 무의지적 기억, 특히 감성적 기억과 연결된다. 그러므로 감각은 현재의 지각을 형성하면서 동시에 무의지적 기억 속에 있는 과거의 감각을 떠올리게 한다. 현재의 감각과 과거의 감각이 시간과 맥락을 넘어 우리의 몸 안에서 겹쳐지는 순간은 신비로운 경험이자 그 자체로 가장 시적인 순간인 것이다. 정지용의 「시계를 죽임」과 김종길의 「聖誕祭」는 '불현듯' 찾아오는 그 시적인 순간을 명징한 감각으로 포착하고 있다.

2. 감각과 언어

시의 참신성은 추상적이고 관습적인 인식에서 벗어나 구체적이고 직접적인 언어를 회복하는 것에서 발생한다. 감각적 구체성을 확보하는 '즉물적 태도'란 궁극적으로 '사회적·공리적 기호의 세계를 꿰뚫고 들어가 사물 자체에 가 닿는 것'을 의미한다. 그러나 언어는 사물 자체의 인식을 방해한다. 언어는 필연적으로 대상과의 분리를 전제로 하며 추상화되고 개념화되어 있기 때문이다. 사물의 직접성과 구체적인 감각을 지향하는 시가 언어로 구성된다는 것은 역설적이다. 그러므로 사물 자체로 돌아가 사물의 직접성을 회복하기 위해서는 일상의 언어와 관습적인 인식을 뛰어넘는 어떤 도약을 필요로 한다. 그것은 찰나의 직관이나 오랜 숙고 끝에 열린 혜안에 의해 사물의 표면과 심층이 하나의 단어로 겹쳐 보이는 순간일 것이다. 이것은 1930년대 한국시의 과제이면서, 창작의 순간마다 시인들을 괴롭히는 난제이기도 했다.

'예민한 촉수를 지닌 감각의 시인'이라는 이양하의 평가 이후, 감각은 정지용의 시를 규정하고 평가하는 핵심적인 개념이 되어 왔다. 그의 시는 사물에 대한 감각적 인식과 감각 자체를 복원하려는 언어적 시도로 이루어진다. 언어를 통해 사물과 접촉하는 순간의 감각적 충일감을 최대한 재현하려는 태도는 새롭고 낯선 대상을 접할 때 더욱 두드러지는 듯하다.

아스팔트는 고무밑창보담 징 한 개 박지 않은 우피 그대로 사뭇사뭇 밟어야 쫀득쫀득 받히우는 맛을 알게 된다. 발은 차라리 다이야처럼 굴러 간다. (…중략…)

풀포기가 없어도 종달새가 나려오지 않어도 좋은, 푹신하고 판판하고 만만한 나의 유목장 아스팔트!(「愁誰語 I -2(아스팔트)」부분)

정지용은 아스팔트로 포장된 도시의 거리를 탐닉하듯 밟는다. 그는 아스팔트를 밟을 때의 질감 혹은 발의 신선한 느낌에 집중한다. "사폿사 폿"과 "쫀득쫀득" 등의 부사어를 통해 발에 와 닿는 아스팔트의 느낌을 재현하려고 한다. "고무밑창보담 징 한 개 박지 않은 우피 그대로" 밟아야 한다는 방법까지 제시하고 있는 감수성은, 흙길을 밟을 때의 감수성과는 이미 다른 차원에 속하는 것이다. "저즌 애스   트우로 달니는 機體는 가볍기가 흰고무   한개엿다(「素描3」)"라는 구절에서도 아스팔트 도로는 산뜻하고 탄력있는 감각대상으로 포착된다. 정지용은 아스팔트라는 근대적 도로의 가치를 편리성과 효율성에서 찾지 않고 그것을 밟았을 때 혹은 차를 타고 지날 때의 느낌으로 판단한다.

미적 판단은 감각적 쾌에 기초한 것이지 대상의 기능이나 효용에 대한 이성적 판단을 토대로 한 것이 아니다. 이렇게 감각을 음미하듯이 탐닉하는 정지용의 태도는 근대적이고 도회적인 대상을 접할 때 집중적으로 나타난다.

> 꽃밭이나 대밭을 지날 지음이나 고삿길 산길을 밟을 적 심기가 따로따로 다를 수 있다면 가볍고 곱고 칠칠한 비단 폭으로 지은 옷이 가진 화초처럼 즐비하게 늘어선 사이를 슬치며 지나자면 그만치 감각이 바뀔 것이 아닌가.
> (「茶房 〈ROBIN〉 안에 연지 찍은 색씨들」 부분)

위의 인용문은 '〈ROBIN〉'이라는 양복가게의 진열장을 한 바퀴 돌아

나올 때의 유쾌한 느낌과, 대상이나 환경에 따라 감각이 변화함을 서술하고 있다. "꽃밭", "대밭", "고샅길", "산길"을 걸을 때와 "호화스런 四條通 큰 거리에서도 이름이 높은" 양복가게 '〈ROBIN〉'을 걸을 때의 감각이 다름을 술회한다. 자연공간을 걸을 때와 다른 감각의 발견은 시적 감수성의 변화와 연계된다.

이런 정지용의 감수성은 삶의 조건 혹은 생활환경으로 정착한 근대적 도시의 그것이라 할 수 있다. 그러나 정지용에게 근대적 환경은 쾌적한 감각의 신세계만은 아니었다. 근대 도시가 지닌 풍성하고 다채로운 감각대상을 향한 정지용의 촉수는 부정적이고 불쾌한 감각을 동시에 포섭하게 된다. 가령, 「슬픈 汽車」나 「船醉」의 "늬긋늬긋"하고 불쾌한 느낌은 '海峽病'과 같이 근대로의 이행이 가져오는 멀미를 상징한다. 그것은 「幌馬車」의 위축된 자아가 느끼는 불안으로, 「時計를 죽임」의 소음에 대한 감각적 불쾌감과 피로의 형식으로 나타난다.

3. '피로'라는 질병-「時計를 죽임」

자연의 변화로 현상되는 시간과 기계에 의해 계측되는 시간은 전혀 다른 지각대상이다. 자연의 시간은 환경 혹은 사물의 변화에 의해 측정된다. 그것은 사계절, 일출과 일몰, 생로병사처럼 변화하지만 분절되지 않은 지속의 형태로 나타난다. 그러나 시계는 시간을 측정 가능하고 계산 가능한 양으로 변환시킨다. 기계-시계의 반복운동은 시간의 흐름을 동일한 단위로 분절하며, 시계판 위를 움직이는 시계바늘의 운동은 시간을 공간화한다.

근대적 시간관념은 이런 시계에 의해 계측된 시간을 바탕으로 성립된다. 자연의 시간이 지역과 환경, 생활 방식과 사회적 제도에 따라 다르게 흘러간다면, 근대적 시간은 이런 차이를 무화시키며 하나의 균질적인 시간으로 수렴시키고자 한다. 시계의 보급과 표준시의 확산은 개별적인 삶의 리듬을 통합하고 삶의 세부를 표준화한다. 정밀한 시계의 등장으로 시간의 미시적 측정이 가능해지면서 인간의 생활 전반이 세밀하게 구획되고 통제되기 시작한 것이다. 학교와 군대, 공장과 감옥 등의 규율제도의 핵심은 시간의 통제에 있다. 인간이 근대적 사회체제에 적응한다는 것은 곧 기계화된 시간을 내면화하는 것에 다름 아닌 것이 된다.

한밤에 壁時計는 不吉한 啄木鳥!
나의 腦髓를 미신바늘처럼 쫏다.

일어나 쫑알거리는 〈時間〉을 비틀어 죽이다.
殘忍한 손아귀에 감기는 간열핀 목아지여!

오늘은 열시간 일하였노라.

疲勞한 理智는 그대로 齒車를 돌리다.

나의 生活은 일절 憤怒를 잊었노라.
琉璃안에 설레는 검은 곰 인양 하품하다.

꿈과 같은 이야기는 꿈에도 아니 하란다.
必要하다면 눈물도 製造할뿐!

어쨌던 定刻에 꼭 睡眠하는 것이
高尙한 無表情이오 한趣味로 하노라!

明日!(日字가 아니어도 좋은 영원한 婚禮!)
소리없이 옴겨가는 나의 白金체펠린의 悠悠한 夜間航路여!(「時計를 죽임」,
『정지용전집』, 2001)

　　사물로서의 시계는 근대적 일상과 질서를 환기한다. 시계는 자연적이
고 생리적인 시간의 흐름을 절단하고, 자아의 생활과 내면을 강제하는
외적 기율로 작동한다. 「時計를 죽임」은 이런 기계-시계에 대한 강한 부
정으로부터 출발한다. "壁時計"-"啄木鳥"-"미신바늘"로 이어지는 1연의
비유구조는 은유와 직유가 교차하며 강한 감각적 인상과 함께 시계에
대한 부정적 태도를 함축한다. 밤의 적막을 깨고 들려오는 새소리가 불

길하게 여겨지듯이, 한밤의 시계소리 역시 반갑지 않은 소리이다. 그것은 피로에 지친 화자의 신경을 끊임없이 자극한다. "啄"과 "쫓다"가 공격적이고 날카로운 자극을 환기한다면, "木"과 "腦髓"는 약하고 수동적인 주체를 암시한다. 특히 "미신바늘"이 환기하는 기계적 반복과 날카로운 금속성은 피로와 불면 상태에 있는 화자의 불안한 심리와 내적 반응을 응축한다.

근대적 시간은 통상 공간으로 표상된다. 시간은 추의 진자운동이나 시계바늘의 이동으로 형태화됨으로써 시각적 대상이 된다. 그런데 정지용의 '시계'는 시각적 대상이기보다 청각적 대상으로 나타나곤 한다.

時計**소리** 서마서마 무서워 (「무서운 時計」 부분)

람프불은 줄어지고 벽시계는 금시에 황당하게 **중얼거립니다**" (「素描5」 부분)

시계가 **운다**." (「비」 부분)

이처럼 정지용의 시나 산문에서 시계는 소리의 형식으로 표상된다. 일상의 공간에서 시계는 소리의 형식으로 의식과 감각에 간섭하곤 한다. 눈을 감아도 들려오는 시계소리는 결코 회피할 수 없는 시간의 흐름을 환기한다. 소리로 치환된 시간은 불안과 공포의 대상이 되기도 한다. 시각보다 청각이 강한 자극을 주기 때문이다. 또한 소리로 현상되는 시간은 단순한 소음이 아니다. 그것은 주체의 의지와는 상관없이 삶을 강제하는 외적 자극 혹은 규율을 환기하기 때문에 "不音"하고 신경에 거슬리는 소리이다. 그러므로 "쫓다"의 날카로운 느낌은 근대적 시간의 흐름에 대한 내적 감각이자 부정적인 반응을 함축한다.

2연에서 "〈時間〉을 비틀어" 죽이는 화자의 행위는 시계에 대한 적극적인 부정을 표출한다. 그러나 시계를 죽일 수는 있어도 시간 자체를 죽일 수는 없다. 사물로서의 시계는 "간열핀 목아지"에서처럼 파괴될 수 있는 약한 물건이지만, 시간 자체는 연약하지 않다. 근대인의 의식과 생활 속에 내면화된 시간은 벗어날 수 없는 삶의 리듬이자 규칙이 되어버리기 때문이다. 3연 2행의 "理智의 齒車"는 주체의 내적 리듬과 무관하게 작동하는 내면화된 시간을 상징한다. 통제와 규율을 내면화한 근대인은 감시가 없어도 내면화된 규칙에 의해 노동하고 생활한다. 정신은 "齒車"의 운동에 비유됨으로써 톱니바퀴로 구성된 시계의 구조와 동일시된다. 욕망이나 감정과 무관하게 작동하는 기계적 규칙성을 내면화한 상태는, "꿈"도 없고 눈물도 "製造"하면 된다는 표현에서처럼 낭만적 몽상의 불가능성을 내포한다.

그러므로 분노를 잊은 생활은 근대적 일상에 적응해 살아감을 의미한다. 화자는 근대적 일상을 벗어나지 못하는 자신의 모습을 유리 안에 갇혀 야성을 거세당한 곰에 비유한다. 나아가 그런 일상성은 상상과 낭만적 일탈마저 불가능하게 한다. 5연에서 꿈과 같은 이야기를 하지 않는다거나 눈물마저 제조한다는 표현은 이런 탈현실에의 꿈조차 상상할 수 없는 삭막한 일상을 드러낸다. 그러므로 "定刻"에 잠드는 것이 고상한 취미라는 표현은 반어이다. 잠마저 정각에 자는 것에서 암시되는 내면화된 기계적 시간성과 "꼭"이라는 부사어로 강조된 강제적인 규율은 결코 고상하거나 세련된 취향의 문제가 아니기 때문이다. 졸릴 때 자는 것이 아니라 항상 정해진 시간에 잠드는 것을 자연스럽고 바람직하게 여기는 것이야말로 부자연스러운 것이다.

이 작품의 마지막 연은 의미의 비약이 심해 해석에 어려움이 따른다. "明日!(日字가 아니어도 좋은 영원한 婚禮!)"이라는 구절에서 "明日"이란 시어도 의외거니와 괄호 안의 문장도 그 의미가 모호하다. 이렇다 할 해석의 단서를 남겨놓지 않아 의미의 구성이 어렵긴 하지만, 앞부분과 의미의 연관을 고려하면 "영원한 婚禮"는 "明"字의 日과 月의 "혼례"라는 해석이 가능할 듯하다. 그리고 "日字가 아니어도 좋은"의 의미는 日자가 없어도 月만으로도 충분히 밝다고 풀이할 수 있을 것이다. "영원한 婚禮"를 '明'+'日'로 보는 것은 어색하다. 明과 日은 영원히 결합된 글자가 아니라 조합된 단어라는 점에서 둘의 결합은 영원한 혼례일 수 없다. 결국 "明"이라는 글자 안에 日과 月이 결합된 것을, "영원한 婚禮"로 비유한 것이라 할 수 있다. 불면의 화자는 시간이 흘러 자정을 넘겨버린 것을 알아차린다. "明日!"에서 "明日"에 느낌표를 부가해 외치듯 표현한 것도 날짜가 바뀌는 바로 그 순간을 강조하기 위한 것이라 할 수 있다. 밝은 날, 즉 내일을 의미하는 "明日"은 자정에 시작된다. 그리고 그 밤은 달이 밝게 떠 있는 상황이다. 밤임에도 불구하고 달빛이 환하고 새로운 하루의 시작이라는 점에서, "明日"의 '明'에서 '日'자가 없어도 무방하다는 유머러스한 표현인 것이다.

그러므로 마지막 행의 "소리없이 옴겨가는 나의 白金체펠린의 悠悠한 夜間航路여!"에서 "白金체펠린"은 달로 보는 것이 타당하다. 체펠린(Zeppelin)은 비행선이며 '白金'은 정지용의 시에서 해를 은유할 때 사용되곤 하는 단어로 달의 빛깔과도 같다. 그러므로 하늘에 떠있는 백색의 비행선은 한밤의 달을 의미한다고 할 수 있다. "소리없이", "悠悠"히 움직인다는 점에서 "白金 체펠린"은 시계나 기계일 수는 없다. 소리 없이 유유히 밤하늘을 날아가는 것은 달밖에 없을 것이다. 시계가 소리를 내는 것과는 달리 달은 소리 없이 움직인다. 시계를 죽인 화자에게 천천히 흘러가는 달은 시간을 환기하지 않는 완상의 대상이다. 마지막 연은 분절되고 청각화된 시간을 부정하고, 흘러가는 달을 통해 자연적인 시간의 흐름을 느끼려는 화자의 의식이 작용한 것이라 할 수 있다.

4. 근대적 일상과 감각

「時計를 죽임」에 스며있는 피로와 심리적 불안은 여러모로 중요한 의미를 갖는다. 기계적 시간에 의해 제어되는 일상적 생활의 리듬과 근대적 삶의 환경에서 파생되는 피로감은 근대적 삶의 가장 본질적인 감각이라고 할 수 있다. 고달픔 혹은 피로는, "어깨가 저윽이 무거웁다"(「歸路」), "오피스의 피로에/태엽처럼 풀려왔다"(「파라솔」) 등에서처럼 근대적 삶의 양상이 드러나는 작품에 자주 등장한다.

> 생애에 비애가 있다면 그러한 것은 어떻게든 처치하기에 곤란하기에 곤란
> 한 것도 아니겠으나 피로와 수면 같은 것이 도리혀 마음대로 해결되지 못할
> 것이 무엇일까 모르겠다. (「逝往錄(上)」 부분)

슬픔이나 비애 등의 감정은 어떤 식으로든 처리가 가능하지만 "피로"와 "수면"은 어찌할 수 없다는 고백이다. 이는 정지용이 근대적 일상에 지쳐가고 있음을 의미한다. 그것은 "쌀, 돈셈, 지붕샐것"(「太極扇」)을 걱정해야 하는 일이며, "어깨를 내리누르는" 삶의 무게를 견뎌야 하는 "三十"(「歸路」)이라는 나이와 생활의 무게 때문이기도 하다. 「時計를 죽임」의 기저에 깔린 피로와 우울은 이런 현실적 삶에서 파생되는 것이리라.

발표된 시기나 시적 내용을 감안할 때 「時計를 죽임」은 정지용의 시세계에서 결절점의 역할을 한다. 1930년대 중반의 정지용의 작품들은 근대적 감각에 대한 집착으로부터 점차 반성적 거리를 유지하며 그것의 이면에 자리하는 부정성을 인식해나가는 면모를 보여주기 때문이다. 그리고 이런 소음과 피로, 불안의 발견은 새로운 시적 변화의 계기가 된다고 할 수 있다. 부재하는 욕망과 소비를 자극하고 창출하기 위해 자본주의는 끊임없이 새로움을 창조해야 한다. 빠르게 교체되는 유행과 끊임없이 명멸하는 양식에서 비롯되는 감각의 과잉은 이제 견디기 어려운

자극이 되어 버린다. 기계와 소음, 군중과 도시에서 파생되는 감각적 불쾌는 정지용의 우울이나 슬픔의 정서와 맞물려, 주변 환경과 괴리된 자아의 모습을 형성한다. 감각의 과잉에 지쳐 세계로부터 스스로를 유폐하는 위축된 자아상은 이즈음 정지용의 시적 특징이기도 하다. 이런 양상은 후기 시세계에서 '山水'로 대표되는 자연의 공간과 적막의 세계로 침잠하게 되는 변화를 예비한다. 경험과 감각의 관점에서 후기 시세계의 '山水'는 피로감 혹은 도시적 삶에 대응하는 반근대의 미적 공간이라고 할 수 있다. 자연과의 감각적 소통을 통해 조화로운 일체감을 회복하려는 산수시편은, 근대의 부정적 경험에서 파생하는 피로라는 질병에 대한 시적 치유이기도 한 것이다.

5. 감각과 기억-「성탄제」

김종길의 시세계를 '점잖음의 미학'(유종호)이라 명명할 때 그 점잖음의 원천에는 '유가적 인본주의'(최동호)가 자리한다고 할 수 있다. 이런 특징은 시인의 성품과 기질에서 연유하는 것이기도 하지만, 무엇보다도 실제 작품에 숙고의 자세와 엄격한 절제가 관철되는 데서 비롯되는 것이라 할 수 있다. 그러나 이런 선비적 풍모가 처음부터 형성되어 있었던 것은 아니다. 1950년대 초 김종길의 시는 인간적인 고뇌와 갈등을 내포한다는 점에서 「孤高」의 세계와는 다른 양상을 보이고 있다. 「聖誕祭」의 바로 이전 작품인 「酒店日暮」나 「酒店序章」에는 '회한'과 '초조'가 등장하기도 하거니와 무엇보다도 청춘의 고뇌와 열정, 비극적 현실로부터 파생하는 비애나 불안이 배음으로 깔려 있기도 하다.

1953년 발표된 「聖誕祭」가 김종길의 초기 시세계를 대표하는 것은, 이 작품이 초기 시세계의 현실적이며 정서적인 맥락을 함축하면서도 감정의 절제와 탁월한 언어 감각을 보여주기 때문이다. 이 작품은 도시의 거리를 걷던 화자가 '성탄제' 즈음에 내리는 눈을 맞으며 유년의 기억을 떠올리는 것에서 출발한다. 시인은 유년의 기억과 세태의 변화, 실존적 삶의 무게를 다루되, 감상주의나 회한에 빠지지 않는다. 「聖誕祭」의 미덕은, 전쟁 직후의 폐허를 사회·역사적 배경으로 하면서도 비극적 현실에 매몰되거나 자아의 내면에 칩거하지 않는 시인의 균형 감각에 있다.

어두운 방 안엔
빠알간 숯불이 피고,

외로이 늙으신 할머니가
애처로이 잦아드는 어린 목숨을 지키고 계시었다.

이윽고 눈 속을
아버지가 藥을 가지고 돌아오시었다.

아 아버지가 눈을 헤치고 따 오신

그 붉은 山茱萸 열매 ──

나는 한 마리 어린 짐생,

젊은 아버지의 서느런 옷자락에

熱로 상기한 볼을 말없이 부비는 것이었다.

이따금 뒷문을 눈이 치고 있었다.

그날밤이 어쩌면 聖誕祭의 밤이었을지도 모른다.

어느새 나도

그때의 아버지만큼 나이를 먹었다.

옛것이라곤 찾아볼 길 없는

聖誕祭 가까운 都市에는

이제 반가운 그 옛날의 것이 내리는데,

서러운 서른 살 나의 이마에

불현듯 아버지의 서느런 옷자락을 느끼는 것은,

눈 속에 따 오신 山茱萸 붉은 알알이

아직도 내 血液 속에 녹아흐르는 까닭일까. (「聖誕祭」, 『黃沙現象』, 1986)

「聖誕祭」는 감정의 절제와 감각의 언어적 재구성을 통해 정밀한 시적 풍경을 형상화한다. 김종길의 시가 지니는 유려한 리듬과 단아한 시형은, 외형적인 리듬을 위해 시어를 인위적으로 배열하기보다는 말의 자연스러운 흐름을 위해 오래 되새기고 다듬는 과정에서 비롯된다. 그것은 최소한의 조작을 통해 가장 적합한 언어적 표현을 찾아내야 하는 어려운 과제이다. 「聖誕祭」는 이런 난해한 퍼즐을 아름답게 풀어내고 있다.

전체 10연의 「聖誕祭」는 2행으로 구성된 연과 3행으로 구성된 연이 불규칙하게 배열된 형태를 보인다. 이 작품의 1연은 시집 『聖誕祭』에서는 4행의 형태로 게재되지만, 전집 『黃沙現象』에서는 각 2행씩 2개 연으로 분절된 형태로 개작된다. 시형의 전체적인 균형을 고려한 개작이라 할 수 있다. 이렇게 분절된 구성은 규칙적이지 않지만 간결하면서도 안정된 느낌을 준다. 김종길의 초기시는 대부분 각 연의 행수가 일정하게 분절된 형태를 보이는데, 이런 형태적 균형은 그의 고전적인 시의식과 시형에 대한 세심한 배려의 결과라 할 수 있다. 이런 형태상의 특성과 함께 2연, 3연, 5연의 "~시었다"의 반복이나, "서러운"과 "서른 살"로부터 "서느런"으로 이어지는 유사음의 반복은 비정형적인 리듬감을 발생시킨다. 또한 일정한 음성적 자질의 반복은 아니지만 시각과 촉각의 지속적인 대비는 구성의 밀도를 높이는 데 기여하기도 한다.

김종길 시의 가장 두드러진 특징을 감각적 이미지에서 찾는다고 할 때, 「聖誕祭」는 이런 감각적 이미지가 가장 탁월하게 사용되고 있는 작품이다. 이 시는 "어두운 방" "흰 눈" 등의 무채색 배경에, "빠알간 숯불" "붉은 산수유" "상기된 볼" "혈액" 등의 붉은 색채를 대비시킴으로써 시각적 선명함을 부각시킨다. 이런 색채 대비와 함께 차가움과 뜨거움이 대비되기도 한다. "서느런 옷자락"에서 환기되는 차가움과 "숯불" "熱로 상기된 볼"에서 환기되는 뜨거움이 병렬되며 촉각의 대비가 이루어진다. 감각의 대비를 통해 그 선명도가 부각되는 동시에 상이한 감각들이 교차하면서 복합적인 심상 체계를 구성하기도 한다. "숯불"과 "熱로 상기된 볼"이 붉음-뜨거움을 동반한다면, 어둠과 "흰 눈"은 흑백-차가움을 함축한다. 색채와 냉온의 대비는 물론 시각과 촉각의 통합이 이루어지며 이미지들의 중층 구조를 형성하는 것이다.

시각적 이미지들은 김종길의 전체 시편들에서 가장 우세한 이미지이며, 「聖誕祭」의 시상 전개에서도 중요한 의미소로 작용하고 있다. 그러나 시적 발상과 구성의 층위에서 보다 중요한 감각은 차가움이다. 촉각은 대상과의 거리를 전제하지 않는다는 점에서 직접적이며, 감각 기관이 특정한 신체 부위에 한정되지 않는다는 점에서 산발적이다. 다른 감각들과 달리 특정한 감각 기관에 귀속되지 않지만, 감각 자극이 닿는 신체 부위에 따라 지각내용이 달라진다는 점은 촉각만의 고유한 속성이기도 하다. 「聖誕祭」에서 차가움이라는 촉각은 그것을 수용하는 "볼"과 "이마"에 따라 다른 내용으로 구성된다.

먼저 차가움의 감각은 시적 계기로 작용한다. 성탄제 즈음의 거리를 걷던 화자는 차가운 눈을 맞는 순간, 유년의 "그날밤"을 떠올린다. 이마에 닿는 눈의 차가움은, 유년의 아이가 아버지의 옷자락에서 느꼈던 차가움의 감각을 떠올리게 하는 것이다. 차가움은 과거 회상의 매개체이며 신체에 내재하는 감각적 경험을 재생시킨다. 이때의 차가움은 단순한 감각이 아니라, 지각과 기억이 동시에 작동하는 복합적인 인지작용을 유발한다. 유년의 기억은 정다운 "옛것"이 살아 숨쉬는 곳이며 "서러운 서른 살"의 현실과 대비되는 곳이다. 이렇게 무심결에 떠오른 기억은 프루스트의 무의지적 기억과도 유사하다.

그러므로 "불현듯"은 이런 감각에 의해 환기되는 기억의 찰나적 재생을 암시한다. 현실의 어떤 감각에 의해 신체나 기억에 내재하는 '진정한 경험'을 환기할 수 있고 이를 통해 과거의 세계와 만날 수 있다. 진정한 경험은 일목요연하게 정리된 기억의 목록이 아니므로, "불현듯" 찾아오는 감각적 경험에 의해 떠올려질 수밖에 없는 것이다. 부사어 "불현듯"은 시적 회상의 순간이자 내밀한 경험의 회복이 일어나는 찰나적 순간을 드러낸다.

5연과 9연의 차가움은 감각적 경험의 겹쳐짐이면서 동시에 서로 다른 위상과 의미를 지닌다. 그것은 감각이 발생하는 기관의 차이로부터 비롯된다. 5연에서 "熱로 상기한 볼"에 와 닿는 "서느런 옷자락"은 산뜻하고 시원한 느낌을 환기한다. 덥고 무거운 방안의 공기와 달리, 옷자락에 스며있는 바깥의 찬 기운은 감각적 쾌를 유발한다. 그러나 9연의 이마에 닿는 차가움은 신선한 느낌보다 정신적 각성을 자극한다.

5연의 "볼"이 유아를 환유하는 전형적인 신체기관이라면, 9연의 "서른 살 나의 이마"는 주체성을 지닌 성년의 자아를 의미한다. 아버지의 "서느런 옷자락"에 볼을 부비는 아이의 온순한 행위가 가족애의 확인이며 아버지에 대한 절대적인 신뢰를 암시한다면, 이마는 성장한 자아의 독립적인 정신활동을 상징한다. 그러므로 이마에 닿는 차가움은 곧잘 정신적 각성을 수반한다. 정지용의 「春雪」 첫 구절인 "문 열자 선뜻!/먼 산이 이마에 차라."에서 이마에 닿는 봄눈의 차가움이 대상과의 물리적 거리를 일시에 소멸시키며 순간적인 각성의 상태를 표현하고 있는 것이나, "흐뭇한 당신의 산기를 이마로 느끼며, 느끼며"(「성탄제 1957」)에서 예수 탄생의 기쁨과 희망의 전언을 이마로 되새기는 장면은, 이마가 단순히 감각을 수용하는 신체부위가 아닌 정신 활동을 수행하는 신체기관임을 보여준다.

「聖誕祭」에서 이마를 통해 지각되는 차가움은 피 속에 흐르는 "山茱萸"와 자아의 현재상을 발견하는 계기가 되기도 한다. 차가운 눈에서 아버지의 옷자락을 떠올리고 그 떠올림의 이유가 "血液" 속에 녹아 흐르는 "山茱萸"의 붉은 열매 때문이라고 말하는 것에서 보이듯, 화자는 자신 안에 흐르는 아버지의 흔적을 발견한다. 이로써 현재의 화자는 유년의 기억 속에 있는 "젊은 아버지"와 겹쳐지며, 화자의 "서른 살"은 삶의 무게를 지니게 된다. 그것은 서른 살의 자아가 스스로의 위치와 역할을 어떻게 정위해갈지 암시하는 대목이기도 하다. 유년의 고향과 현실의 "都市"는 어린 "나"와 성인이 된 "나"가 각각 자리하는 시공간이다. "옛것이라곤 찾아볼 길 없는" "都市"의 풍경은 단순한 세태의 변화가 아니라 전쟁

이 가져온 폐허의 현실상일 것이다. 이는 화자가 서 있는 현실적 시공간
을 발견하는 일이며 "서른 살"의 서러움을 자각하는 것이기도 하다.

6. 성모 없는 성탄제

시인에게 성탄제는 "어버이는 家禽의 털을 뽑고/어린것들은 煖爐 가
에서 菓子를 먹어야"(「聖誕祭 1956」)에서처럼, 종교적 의미보다는 평범
한 가족사적 의미에 더 가까운 것으로 보인다. 「聖誕祭」에서 어린 "나"의
병을 간호하는 것은 "외로이 늙으신 할머니"이며 약을 구해 돌아오는 것
은 "젊은 아버지"이다. 이 '聖家族'의 풍경에서 빠진 존재는 '어머니'이다.
김종길의 전체 시편들에서 '어머니'는 시간의 편차를 두고 부재의 형식
으로 존재의 편린을 드러낸다.

또는 해방 후,

두 돌 지나 어미를 여읜 것이

대견스럽게 자라 大學生이 되었다고,

서울 오는 인편에 띄운

외할머니의 草書로 쓴 긴 언문 사연,

<너희들 면면

내 가슴에 맺혀 흐르는 세월이라>던

외할머니의 그 눈물겨운 사연도 생각나느니. (「흰 무궁화」 부분)

"집 가까운 길목"에 핀 "흰 무궁화"를 보며 떠올리는 "큰할머니"와 "외할머니"에 대한 기억은 일찍 돌아가신 '어머니' 때문에 더욱 애틋한 것이 된다. "지치신 할머니의/처지던 어깨//할머니 등에 업혀/새운 긴긴 밤"(「등잔불」)에서처럼 시인은 할머니의 품에서 자란다. 시인은 어린 자신을 측은하게 바라보던 할머니와 외할머니의 시선 속에서 어머니의 부재를 느꼈을 것이다. 어머니의 보살핌이 없이 자란 손자에 대한 연민과 안타까움이 담긴 외할머니의 언문 편지는 어머니에 대한 그리움을 우회적으로 표현한 것으로 읽힌다.

김종길의 시에서 '어머니'는 직접 다뤄지거나 중심 대상이 되지 않는다. 가령, "어머니가 태어나 자랐고/또 스물셋 젊은 나이로 숨을 거두신 집"(「석포에서」)에서 "어머니"가 아닌 어머니의 "집"에 대해 말하는 것처럼, 어머니는 항상 부재의 형식으로 등장하며 시적 초점에서 비껴서 있는 존재로 등장한다. 전체 시편에서 유일하게 어머니를 다룬 「어머니의 얼굴」은 그 자체로 시선을 머물게 한다.

나는

어머니의 얼굴을 모른다.

내가 두 돌 지나 돌아가셨기 때문이다.

그 뒤
나는 어머니를 모른 채 자랐다.
조모와 증조모가 어머니를 대신했기 때문이다.

그러니 나에겐
어머니의 얼굴은 언제나
현상되지 않은 한 장의 음화,

달무리 같은,
어둠 속 박꽃 같은,
음화 속의 한 그림자. (「어머니의 얼굴」, 『해가 많이 짧아졌다』, 2004)

　　시인은 이제는 손녀와 나이가 비슷할 어머니의 얼굴을 기억해보려 한
다. 그러나 어머니의 얼굴은 좀처럼 떠오르지 않는다. 그것은 또렷이
"현상"되지 않은 "음화"의 형태로만 남아있다. "달무리" "어둠 속 박꽃"
"그림자" 등의 이미지에는, 있는 듯하나 좀처럼 확인할 수 없는 안타까운
심적 상태가 투영되어 있다. 그러나 이 시에서 시인의 어머니는 없는 것
이 아니라 부재의 형식으로 존재한다. 모른다고 그립지 않은 것은 아니
며, 기억할 수 없으므로 오히려 잊을 수 없는 것이다. 그러기에 이 시의

담담한 어조는 이채롭다.

김종길의 시세계에서 항상 '빈자리'의 형식으로 현현하는 어머니는, 의식으로 현상하지 않지만 정서의 가장 깊숙한 곳에 오래도록 자리한 것으로 보인다. 가령, 「金浦空港에서」와 같은 작품에서 시인은 모자 상봉의 감격을 그대로 옮기려는 태도를 보이는 듯하지만, 눈물 홍건한 그 장면에서는 미묘한 감정적인 동화가 읽히기도 한다. 그럼에도 지극히 담담한 어조는 정서를 조율하는 의식의 긴장상태를 암시한다. 그리고 이런 시적 기율의 근원에는 가부장의 윤리가 자리한다고 할 수 있다.

어머니의 부재로 미완일 수 있는 성탄제는 아버지에 의해 완성된다. "아버지"가 따오신 "山茱萸 열매"는 약이면서 선물이기에 "아버지"는 '젊은 산타클로스'가 된다. 아버지가 따오신 "山茱萸"의 붉은 열매가 핏속에 녹아 있다는 것은 유년의 상처와 결핍이 아버지에 의해 치유되고 극복됨을 의미한다. 붉은 알약이든 실제 산수유 열매이든, 핏속에 흐르는 "山茱萸 열매"는 부계(父系)의 유전을 상징한다. 서른 살의 아들이 서른 살의 아버지를 발견하고 다시 자신 안에 자리한 아버지를 깨닫는 것은, 부계의 전통 안에서 자기 정체성을 재확인하는 것을 의미한다. '父子有親'이라는 윤리의 미학적 내면화는 김종길의 시가 지니는 전통적인 미의식과 고전적인 정서의 근원을 짐작할 수 있게 한다.

7. 서러운 혹은 새로운 서른 살

김종길의 "서러운 서른 살"로부터 서른은 가장 문학적인 나이로 발견된다. 짧은 문청 시절을 해방과 전쟁과 함께 보낸 김종길은 "荒凉한 나의 靑春의 日暮"(「酒店日暮」)의 끝자락, 차가운 겨울의 거리에서 서른을 맞는다. "서른 살"의 서러움은, 어렵게 청춘을 돌파하고 맞닥뜨린 전후의 피폐한 현실상에서 파생되기도 하며, 생활의 무게를 견뎌야 하는 '젊은 아버지들'의 비애이기도 할 것이다.

이렇게 발견된 서른은, 청춘의 열정과 이상에서 현실로 거칠게 착륙해야 했던 모든 세대들이 겪는 새로운 성장통을 상징한다. 서른은 '이렇게 살 수도 없고 죽을 수도 없을 때' 찾아오며, '설은살 설운살 서른살'처럼 어설프고 서글픈 지점에 우리를 엉거주춤 서성이게 한다. 다시 서른은 '잔치'로 상징되는 한 시대의 종언이자 환멸의 시대로 진입함을 의미하기도 한다. 이제 이 시대의 청춘들은 어떤 서른을 맞게 될 것인지 자못 궁금하다.

2부

서정의 온도와 '온溫순順한' 시

1

　읽기에 적당한 시의 온도는 몇 ℃일까. 재료와 취향에 따라 음식의 조리 온도가 다르듯이, 시의 온도도 제재와 구성 방식, 태도에 따라 천차만별일 것이다. 온도란 지각 주체에 따라 달라지기도 하는 것이니, 뜨거운 시나 차가운 시에 대한 기준도 다양할 수밖에 없다. 정지용은 '안으로 熱하고 겉으로 서늘'한 시를 말하였으나, 이는 창작 태도와 관련된 말이거니와, 도대체 안으로 뜨겁고 밖으로 서늘한 시의 온도를 어떻게 가늠해야 할는지도 난감한 문제이다. 다만 뜨거운 것은 뜨거운 대로, 차가운 것은 차가운 대로 감각적 쾌가 있듯이, 가슴에 홧홧 불을 지피는 시, 꼿꼿한 시 정신에 마음이 서늘해지는 시, 단단하고 야무진 결빙의 시, 무의식과 욕망으로 들끓는 시, 냉철한 사유와 시선이 얼음처럼 싸늘한 시, 이들은 각각의 온도는 다르지만 모두가 매력적이다. 그래도 오래 두고 읽기에 좋은 시의 온도는 따로 있지 않을까.

　시대에 따라 뜨거운 시가 각광받기도 하고 차가운 시가 선호되기도 한다. 비교적 가까운 80년대로부터 세기말을 거쳐 지금에 이르기까지,

시는 사회상의 변화에 대응해 뜨거워지기도 하고 차가워지기도 하는 냉온의 교차를 보여 왔다. 시의 뜨거움과 차가움은 우리 사회의 온도와 그것을 수용하는 방법 혹은 태도 사이의 역학관계에서 발생하기도 한다.

다만 우리 사회가 선호하는 시의 경향이 뜨겁거나 차가운 것 일변도라는 점은 짚어봐야 할 문제이다. 공론의 장이란 이슈에 따라 형성되기마련이고, 뜨겁거나 아예 차가운 것이 주목하기에 쉬운 것이 사실이다. 그러나 우리 시에 뜨겁고 차가운 시만 있는 것도 아니고, 무릇 시란 뜨겁거나 차가워야만 하는 것도 아니다.

최근 현대시의 항목화된 미학적 준거들을 살펴보면, 소재와 어법의과감한 확장, 이미지의 격렬하고 현란한 병치, 무의식과 욕망의 생경한노출, 몽상과 환각 그리고 부조리한 언술 구조 등 합리성보다는 비합리성이, 구조화보다는 파편화가, 질서와 조화보다는 부정과 전복의 미학이 강조되는 것으로 보인다. 이런 미학적 방법들에 기초한 요즘의 시들은 대개 뜨겁거나 차가운 양 극단의 경향을 보인다. 현대의 미학적 준거들은 세계에 대한 인식과 현실 감각으로부터 비롯된 바, 경험의 차원이나 미학의 층위에서 그 의미와 새로움은 적극적으로 긍정되어야 하는것은 물론이다.

방법에 대한 관심이 두드러진 시의 경우 강한 매력을 지닌다. 이들은끊임없는 부정과 전복의 불규칙한 운동을 통해 한국시의 새로운 영역을개척해 간다. 이들이 한국시의 꼭짓점을 형성한다면, 한국시의 밑면을끊임없이 심화하고 확장하는 경향들이 있을 것이다. 문제적이지 않으면서 '문제적'인 작품들, 서정시의 '낡은' 문법에 충실한 작품들, 뜨겁지도 차갑지도 않은 작품들, 드세거나 거칠지 않고 부드럽고 순한 시선을 가진 작품들이 그러하다. 시적 의미와 무게와는 상관없이 세간의 논의에서 밀려나는 경향들에 새삼스럽게 주목함으로써, 여전히 유효한 서정의 가능성과 의미를 되짚어 볼 필요가 있을 것이다. 평범하지만 여전히 비범한 경향들, 일상적 삶의 문법으로부터 비껴선 자세로 일상적 삶의 풍경을 그려내는 시적 경향들을 온순(溫順)한 시라 명명하고 지난여름 발표된 몇몇 작품을 살펴보고자 한다.

2

뜨겁거나 차가운 시를 읽을 때 얻게 되는 독특한 즐거움은 아니더라도, 가끔은 따뜻한 시가 읽고 싶어질 때가 있다. 봄 햇볕만큼만, 언 손 녹이는 입김만큼만, 한 숟가락의 밥만큼만, 오래도록 곁에 있어 준 사람의 체온만큼만, 더도 덜도 말고 딱 그만큼만 따뜻한 시. 누구 누구의 시적 경향이라 할 것도 없이 그냥 평범하고 온순한 시. 이영광의 「휴식」은 봄 햇살만큼 따사로운 전경을 보여주는 작품이다.

이영광은 안에 있는 대상이 밖으로 나올 때를 주목한다. 무덤을 뚫고 '새싹'의 형식으로 나오는 '죽음'(「나의 살던 고향」), 관을 열자 '한아름의 빛'으로 쏟아져 나오는 '뼈'(「뼈2」), 혹은 직선의 터널 끝에서 만나는 '눈부신 사막'(「굴」)에서처럼, 안에 있던 사물이 밖으로 나오는 순간, 시인의 직관은 그 사물을 전혀 새로운 것으로 변용시킨다. 이는 시적 상상력이라기보다는 감각에 충실한 것일 수도 있는데, 시인은 동일한 사물도 맥락과 지평이 바뀔 때 그 의미는 물론 모습까지 변화할 수 있음을 포착한다. 특히, 안에서 밖으로 나올 때 일어나는 햇빛과의 화학반응은 그 사물을 전혀 새롭게 변화시킨다.

봄 햇살이, 목련나무 아래
늙고 병든 가구들을 꺼내놓는다
비매품으로

의자와
소파와
침대는
다리가 부러지고 뼈가 어긋나
삐그덕거린다

갇혀서 오래 매 맞은 사람처럼
꼼짝도 못하고 전쟁을 치러온
이 제대병들을 다시 고쳐 전장에

들여보내지

말았으면 좋겠다

의자에게도 의자가

소파에게도 소파가

침대에게도 침대가

필요하다

아니다, 이들을

햇볕에 그냥 혼자 버려 두어

스스로 쉬게 하라

생전 처음 짐 내려놓고

목련꽃 가슴팍에 받아 달고

의자는 의자에 앉아서

소파는 소파에 기대어

침대는 침대에 누워서 (이영광, 「휴식」, 『현대시』 2006년 6월호)

「휴식」에서 시인은 집 안에 있던 가구들이 집 밖으로 나올 때, 일상에

갇혀 있던 존재들이 일상 밖으로 풀려 나올 때의 새로운 모습에 주목한

다. 일상이 감옥이거나 전쟁터라면, 햇살이 눈부신 봄날의 "목련나무 아

래"는 그 일상을 탈출한 "제대병들"의 휴식처가 된다. 이제 가구들은 훈장처럼 "목련꽃"을 가슴에 달고 평온하고 화사한 모습으로 휴식을 즐기고 있다. 집의 일부였던 가구들이 집 밖으로 나서며 자신의 존재와 표정을 온전하게 회복하는 것이다.

집 밖으로의 외출은 결국 일상성을 벗어나 사물의 본래성을 회복하는 과정일 터, 사물에 대한 인간적 관점을 거두었을 때 사물은 그 자체로 존재의 의미를 갖게 된다. "비매품"이라는 꼬리표가 붙지 않더라도 버려진 가구들은 이제 교환가치는 물론 사용가치조차 상실한다. 그런 상태에서 시인은 사물의 본래적 모습을 발견한다. 그리하여 "의자에게도 의자가/소파에게도 소파가/침대에게도 침대가/필요하다"는 구절은 바로 부정된다. 아무리 선의의 연민과 배려가 포함되어 있다고 하더라도 '필요'는 인간의 판단에 의한 것이기에, 사물이 효용성을 벗고 스스로의 본래성을 회복하는 데 도움이 되지 않는다. 인간적 연민의 시선마저 거두고 그저 버려둘 때, "의자"와 "소파"와 "침대"는 스스로에게 의지해 쉬며 본래의 모습을 발현하는 것이다.

「휴식」의 풍경은 늦은 일요일 오전, 집 근처를 거닐다 보면 쉽게 발견되는 일상의 모습들로 구성된다. 예사로운 생활의 풍경에서 건져 올린 시적 발견은 전혀 예사롭지 않다. 일상은 감옥이고 늪이지만 시인은 그 일상을 뚫고 나오는 현상과 사건을 통해 생의 본질을 드러낸다. 「휴식」은 일상의 풍경 안에서 탈일상의 풍경을 포착함으로써 일상에 의해 닳고 소진되는 생이 어떻게 치유되는지 암시해준다. 생활의 논리와 삶의 연관으로부터 자유로울 수 없지만, 쉰다는 것은 그 얽힘으로부터 잠시나마 비켜서는 것을 의미한다. 생이 일상과 단단히 맞물려 있을 때 그로부터의 일탈은 죽음의 상태와 유사해진다. (그런 점에서 '목련꽃'은 조화(弔花)의 의미로 겹쳐 읽힌다. 이영광의 시에서 탈일상의 지향점은, 궁극적으로 생활과 죽음 사이의 어떤 안온한 지점을 더듬는 것이라 할 수 있다.) 그러나 외출이 귀환을 전제로 하고 휴식이 영면이 아니듯, 일상으로부터의 비켜섬을 통해 생생한 시간의 속살 혹은 세계의 본질을 잠시나마 포착할 수 있다면, 이 시에서 휴식이 지닌 의미는 완성될 것이다.

3

이영광의 시에서 '휴식'은 위로받고 치유할 수 있는 서정의 다름 이름일 것이다. 지치고 병든 것에 시선이 머물고 교감을 통해 그 상처를 치유하는 것이 서정시의 본질이라면, 손택수의 시 역시 그런 서정시 본연의 모습과 기능을 보여준다.

> 그가 처음 집에 인사 왔던 날을 기억합니다
>
> 그때 그는 세상에서 가장 눈부신 구두였습니다
>
> 이제 막 구둣가게를 걸어 나온 것 같은 구두코가

우리 집 강아지의 젖은 코처럼 까뭇이 반짝였습니다

누이동생의 팔짱을 끼고 환하게 쏟아져 내리는 박수갈채 폭죽 속으로

당당하게 행진해 가던 구두,

오늘 신발장 앞에서 제 구두를 닦다 보았습니다

한쪽에 초라하게 낡은 한 켤레

몇 년 만에 만난 그는

상할대로 상해 알아 볼 수조차 없었습니다

뒷굽은 닳을대로 닳았고 반짝이던 코는 무참하게 깨어져 있었습니다

나는 그날 식장을 나선 한 켤레의 구두가

걸어왔을 길을 아득히 헤아리면서

상처투성이 깨어진 코에 약을 발랐습니다

직장을 그만둔 뒤론 나만 보면 무슨 죄라도 지은 듯

슬슬 뒷걸음질치는 것 같던 구두

호호 입김을 불어가며 솔질을 하였습니다 (손택수, 「매제의 구두」, 『시에』

2006년 여름호)

「매제의 구두」에서 "나"는 자신의 구두를 닦다 "매제의 구두"를 발견한
다. 화자의 기억 속에서 가장 눈부시고 당당했던 "구두"는 닳고 낡아 초
라해진 모습으로 놓여 있다. 이 시에서 "구두"는 말할 것 없이 "매제"를
상징한다. 구두에는 주인의 행적이 기록되기 마련이다. 날개 대신 다리
를 가진 인간은 끊임없이 걸어야하므로, 구두는 주인이 밟은 길의 이력

과 생활의 풍경을 자신의 몸에 새겨 넣는다. 닳을 대로 닳은 "뒷굽"과 "상처투성이"의 "구두코"는 매제가 걸어왔을 엄숙한 삶의 표정일 것이다. 화자는 당당하게 빛났던 "구두"가 닳고 낡은 모습에서 "매제" 혹은 우리 시대의 고만고만한 인생들이 겪었을 어수선한 생활의 흔적을 읽어낸다.

어떤 사물을 통해 그 사물의 기원과 역사, 그에 얽힌 사람들의 삶을 읽어내는 방식은 백석의 시에서 곧잘 사용되는데, 「매제의 구두」는 백석의 「국수」나 「木具」, 「北新」과 「湯藥」과 유사한 시적 방법을 보인다. 시적 대상 혹은 사물과의 교감이 가능하다는 것은 동일성의 세계 혹은 그 가능성에 대한 믿음이 전제되어야 한다. 백석의 시는, 사물의 표정과 그들의 전언을 인간의 언어로 번역할 수 있지만 다시금 시를 통해 사물을 포섭하고 세계를 위무할 수 있다는 시의식의 재발견이라 할 수 있다. 이때 시는 존재로부터 기원하지만 다시 존재로 환원 가능한 상징세계인 것이다. 시를 통한 치유의 가능성이 여기에 있다. 「매제의 구두」에서 화자는 "구두"로부터 "매제"의 삶을 읽어내고, 낡고 상한 "구두"를 닦음으로써 "구두"는 물론 "매제"의 상처까지도 치료하고자 한다. 구두를 닦는 행위는 "매제"에 대한 위로와 격려의 의미를 내포한다. 이런 시적 치유는 스스로의 내면으로부터 기원하지만 대상을 지향한다. 세월의 녹과 삶의 지리멸렬함으로 상할 대로 상한 구두에 대한 화자의 태도는 더할 나위 없이 소중한 물건을 다루듯 정성스럽다. 솔질을 하며 "호호 입김"을 부는 행위와 상처에 입김을 부는 행동이 겹쳐지는 것도, 이 시가 시적 치유의 과정을 포함하고 있음과 관련이 있을 것이다.

4

손택수의 시가 지니는 온화한 풍경은 그의 시가 근원적 관계에 대한 믿음을 바탕으로 하기 때문에 가능하다. 그 믿음으로부터 생성되는 시적 서정이 삶과 세상에 대한 따뜻한 응시를 가능케 하는 것이다. 「매제의 구두」가 사물과 인간의 소통 가능성을 열어 놓고 있다면, 전윤호의 시는 인간과 인간의 교감을 회복하는 데서 출발한다.

초파일 아침

절에 가자던 아내가 자고 있다

다른 식구들도 일 년에 한 번은 가야한다고

다그치던 아내가 자고 있다

엄마 깨워야지?

아이가 묻는다

아니 그냥 자게 하자

매일 출근하는 아내에게

오늘 하루 늦잠은 얼마나 아름다운 절이랴

나는 베개와 이불을 다독거려

아내의 잠을 고인다

고른 숨결로 깊은 잠에 빠진

적멸보궁

초파일 아침

나는 안방에 법당을 세우고

연등 같은 아이들과

꿈꾸는 설법을 듣는다 (전윤호, 「수면사(睡眠寺)」, 『시와 정신』 2006년 여름호)

　　전윤호의 「수면사(睡眠寺)」는 쉬우면서 더 없이 평온한 시이다. 이 시에서 화자의 "아내"는 독실한 불교신자인 듯하다. 다른 식구들도 일 년에 한 번은 절에 가야한다고 하던 "아내"가 정작 초파일 아침에 늦잠을 자고 만다. 불교신자인 "아내"의 "초파일"과 매일 출근하는 "아내"의 "휴일"이 대립하는 난처한 상황, "나"는 "아내의 늦잠"을 "아름다운 절"로 치환함으로써 문제를 해결한다. 피곤에 지친 "아내"를 위해 "잠"으로부터 절을 짓는 시인의 건축술이 뛰어나다.

　　그 건축술은 아내에 대한 애정 혹은 사람에 대한 예의에서 비롯된다. 생활에 지친 아내를 위해 "베개와 이불을 다독거려/아내의 잠"을 살피는 화자의 모습에는 아내에 대한 측은함과 배려의 마음이 배어 있다. 이런 연민과 배려, 차마 잠을 깨우지 못하는 것을 예의라 한다면, 이것이 "안방에 법당"을 세우는 건축술의 동력이 된다. 보다 더 근본적인 위안은 다른 무엇도 아닌 사람에게서 오는 것이며 그것이 발현되는 형식이 예의라 할 것이다. 김영승의 「김」 역시 이런 예의에서 비롯된 시라 할 수 있다. 이 시에서 '미안함'이야말로 사물과 세상에 대한 시인의 겸허한 태도를 보여준다.

밥 다 먹었는데
마지막 한 숟갈 먹다가

'宇成 돌김'이라는
알루미늄 캔 속에 든 김 한 장을 떨어뜨려

할 수 없이 밥통에서 딱
한 숟갈 더 떠
한 숟갈을 더 먹었다

김한테 미안해서이다

미안하다 미안하다
이제 김한테까지 미안하다니

떨어진 김 한 장 때문에
밥 한 숟갈 더 먹는 마음은······ (김영승, 「김」 부분, 『시와 정신』 2006년 여
름호)

  김영승의 시는 심각한 갈등을 내포하지 않은 것처럼 보이지만, 삶과
의식의 미묘한 지점을 건드린다. 이 시는 우리가 흔히 겪는 일상사를 배

경으로 한다. 김치 한 조각, 국 한 숟가락, 김 한 장 때문에 한 숟가락을 더 먹게 되는 일은 누구나 한번쯤 겪었을 것이다. 이 시의 화자는 식사를 마칠 즈음 어쩌다 김 한 장을 떨어뜨린다. 떨어뜨린 김 한 장 때문에 밥 한 숟가락을 더 먹게 되는데, 시인은 그것을 떨어진 김에 대한 미안함 때문이라 표현한다.

떨어뜨린 김에게 미안함을 느끼고 그래서 밥 한 숟가락을 더 먹는 것이 시인이 지닌 예의이다. 밥 한 숟가락 더 먹는 것이 식욕에 의한 것이 아니라는 점에서 화자의 행동은 평범하지 않다. 나아가 "미안하다/미안하다/이젠 김한테까지 미안하다니"에서처럼, 이제 사소한 김에게조차 미안함을 느낀다는 화자의 엄살 섞인 푸념은 평상시 세상을 대하는 화자의 공손한 태도를 짐작케 한다. 수세의 시인이 세상과 삶에 대해 가질 수 있는 최선의 자세가 예의라는 것은 어쩌면 서글픈 일일 수도 있지만, 이런 시적 태도에서 느껴지는 따스한 서정은 우리 시의 중요한 근원임에는 틀림이 없다.

5

소통되지 않는데 소통하는 것처럼, 단절됐는데 교감하는 것처럼 느끼는 것은 허위이다. 갈등을 무시하고 화해를 가장하는 태도는 위선일 수밖에 없다. 그러나 따뜻하고 순한 시가 그저 인정가화(人情佳話)에서만 피어오르는 것은 아니다. 균열된 주체가 파편으로만 존재한다고 해서, 주체의 흔적이 서성거리는 분열된 세계라 해서, 그리하여 그 진상을 드러내는 것이 중요하다고 해서, 그런 세계로부터 안게 되는 고통과 불안으로부터 눈을 돌릴 수는 없을 것이다.

여기에 서정시의 가치가 존재한다. 인간이 지닌 근원에의 향수는 그것이 제도에 의해 형성된 것이라 하더라도, 폐허의 현실을 인식하게 하고 실존의 고통을 완화시킬 수 있다면 적극적으로 긍정되어야 한다. 과거가 복원해야 할 미래일 수도 있다. 어떤 의미에서 서정시는 '오래된 미래'여야 하는 것이다.

탈현대의 흐름 속에서 '문학의 죽음', '서정의 위기'라는 말이 종종 등장한다. 이로부터 서정시는 좌초될 운명을 지닌 함선처럼 여겨지기도 한다. 최근 2000년대의 시적 징후가 점차 집단화되면서, 새로운 시적 경향들을 매개로 서정성에 대한 다양한 차원의 논의가 진행되고 있다. 그 논의가 서정성의 새로운 가치를 찾고 그 의미와 기능에 대한 반성과 모색으로 이어지길 기대해 본다.

흔적과 성찰, 노래와 놀이

1

　문학은 현실의 무게와 생의 고통을 어떻게 감당하는가. 시는 자아의 내면에 침윤된 욕망과 상처를 어떻게 다독이는가. 이런 질문에 대해, 현대시사의 첫머리에서 만나는 「진달래꽃」은 탁월한 해답을 제시한다. 「진달래꽃」에서 서정적 화자는 이별의 정황을 가정하고 그 고통의 무게를 가늠하고자 한다. 화자는 가실 길에 '꽃'을 뿌리는 것으로 사랑과 이별의 '말'을 대신하며, 가시는 걸음마다 그 꽃을 '즈려밟고' 가기를 기원한다. 「진달래꽃」의 3연 안에서 벌어지는 의미 충돌은 무수히 언급된 바 있지만, 이별의 고통과 슬픔을 완화시키려는 시인의 마음은 운율의 힘을 빌려 거친 '짓'을 한층 부드러운 '즈려'로 풀어놓고, '삽분히'를 통해 '즈려밟다'의 무게를 덜어내려 한다. 일상의 언어가 시의 맥락에서 치유의 능력을 부여받으며 재탄생한다.

　칼비노는 이 시대의 문학이 추구해야 할 여섯 가지의 가치 중에 하나로 '가벼움'을 거론하였다. 물론 가벼움은 미학적 준거도 아니고, 현실의 무게와 고통을 넘어서게 하는 유일한 방식도 아니다. 이미 가벼움이 과잉인 시대에 문학적 가벼움의 가치도 새롭게 점검될 필요가 있다. 다만 김소월의 「진달래꽃」에서처럼, 깊이와 무게에 대한 성찰로부터 솟아나는 가벼움은 여전히 유효한 미적인 쾌라는 점은 분명한 사실일 것이다. 성찰은 문학의 본질적 과제이다. 문학이 끊임없이 질문을 생성하고 두루 살펴야 함은 아무리 강조해도 지나치지 않을 것이다. 내 안에 침윤된 삶의 문제를 어떻게 바라볼 것인가, 그로부터 파생되는 욕망과 고통의 문제를 어떻게 다룰 것인가, 지난 계절의 시를 통해 되짚어 보기로 한다.

2

혼적은 무엇인가 머물다 사라진 자취이다. 그것은 기의를 감춘 기표와 같아서 해석과 추리의 과정을 예비한다. 문정영의 「흔적들」에서 "흔적"은 스스로의 원인을 가진 것이 아니라 감추어진 심층의 징후이다. 흔적의 의미와 맥락은 심층에 의해 규정된다. 심층과 흔적을 분리하고 그 둘을 조망하는 것은 주체의 몫이다. 이때의 주체는 갈등하는 현실의 주체가 아니라 이상적인 주체이다. 주체는 흔적들을 수집하고 구성하며, 해석하고 가치를 부여한다.

웃웃 다 벗고, 거울 앞

면도하는 내 몸에

간밤이 다녀간 흔적들 고스란히 남아 있다

내 잠의 결들에

살아가는 날들이 입은 옷들과

살아 있는 날들이 잠든 침구의

있는 그대로의 문양,

옆으로 뻗은 나무의 가지처럼

길게 줄 선 자국은

평소에 가지 못했던 길을

가려는 소망,

가슴 한가운데 뻥 뚫린 듯한 것은

내 누군가를 그리움으로 적은 글씨인가

면도를 하는 동안

뺨 위에 난 소나무껍질 같은 흔적들

잔잔히 사라지는 것을 본다

내 안의 미워하는 마음도

저리 껍질 벗겨지듯 지워졌으면

꽃무늬 베개를 하고 잔 날은 꽃잎이 진다

부리가 작은 새는 어디로 날아갔을까 (문정영, 「흔적들」, 『시작』 2006년 가

을호)

문정영의 「흔적들」은 몸에 새겨진 잠자리의 흔적들을 상형문자로 해석하는 데서 출발한다. 면도를 하기 위해 웃옷을 벗은 화자는 자신의 몸에서 간밤의 잠자리가 남긴 흔적들을 발견한다. 그리고 그 흔적들에서 어떤 형상을 읽어낸다. 그것은 "옷"과 "침구"를 그대로 본뜬 무늬가 아니라, "살아가는" 혹은 "살아있는" 날들이 슬며시 적어놓은 기록들인 것이다. 이런 무늬들을 찬찬히 바라보는 행위를 통해 시인은 자신의 내면에 잠재하는 "소망"과 "그리움"을 반추한다.

시간이 지나면 몸에 새겨진 흔적들은 사라지기 마련이다. 무의식이 건져 올린 잔상들이 사라지듯 몸에 난 무늬들은 서서히 지워진다. 화자는 껍질 벗겨지듯 사라지는 무늬들을 보며, 욕망과 상처 혹은 "미워하는 마음"도 지워지기를 바란다. "살아가는 날들"이 몸과 마음에 새긴 욕망과 애증의 문신들이 지워진다면, 삶이 조금 더 홀가분해지지 않을까. 그런 탈피와 승화의 과정은 격렬하기보다는 자연스럽고 촘촘한 것이어야 한다. "잔잔히"라는 부사어에서 엿보이는 시인의 태도는 지극히 온건하다. 흔적과 그것의 사라짐, 욕망과 상처를 응시하는 시인의 찬찬한 시선이 느껴지는 대목이다.

문정영의 「흔적들」은 일상적 생활의 경험으로부터 비롯된 시적 깨달음을 다룬다. 면도하기 위해 거울을 보는 행위는 자기 성찰을 의미한다. 거울을 통해 포착된 대상은 다름 아닌 자기 자신일 터, 이 과정에서 이상적 자아가 현실적 자아를 구성하고 해석한다. 이상적 자아에 의해 발견된 현실적 자아의 내면은 과잉의 상태이다. 그리고 그 과잉의 상태를 벗어나기 위해 욕망과 희로애락은 덜어내거나 지워야 하는 잉여의 대상으로 여겨진다. 지우기 혹은 덜어내기를 통해 삶의 부피와 욕망의 무게를 완화시키려 하는 것은, 과잉의 시대를 살아가는 서정시의 중요한 시적 전략이라 할 수 있다. 다만 이런 자기 성찰이 하나의 공식이 된다면, 발상이나 구조의 상투성을 유발할 수도 있을 것이다. "내 안의 미워하는 마음도/저리 껍질 벗겨지듯 지워졌으면"에서처럼, 이상적인 자아의 선의지가 그대로 드러나 의미가 단순해지는 것도 관성적인 반성이 작용한 탓일 것이다.

3

함민복의 「열쇠왕」은 일상적 경험이 환기하는 자기성찰의 문제를 다루고 있다는 점에서, 문정영의 「흔적들」과 유사한 발상과 의미 구조를 지닌다.

머리에 종이 금관

금관에 열쇠왕이란 글자

주먹코안경

열쇠 자물쇠 주렁주렁 달린 조끼 벗고

겨울바람 피해 농협현금지급기 코너에서

콜라에 빵을 먹고 있는 할아버지

온수리 장날은 헐겁고

할아버지는 수많은 열쇠를 깎아 무엇을 열었을까

현금지급기 거울 속을 들여다보다

압축된 내 삶 같은 직불카드를 들이밀면

내 몸뚱아리는 무슨 열쇠일까

무엇을 열겠다고 세상을 떠돌아 왔는가

하 많은 자물쇠를 만났는가

혼자여서 쩔렁거리지도 못하는

울며 웃는

내 몸은 무슨 열쇠인가

꿈에는 가끔 무엇을 열어 보았던가

탈칵 열리는 게 뭐 있었던가

열리지 않음만 실컷 열다가

상처로 파인 열쇠가 되어

결국

이 악물고 호흡 끊으며 죽음만 비틀어 열고 말 존재인가

찌개용 돼지고기를 사려고 돈을 찾고 있는

잔금에 신경 쓰는

나는

아직 내 몸이 무거운, 열쇠가 되지 못한

철편 하나 (함민복, 「열쇠왕」, 『문학사상』 2006년 10월호)

　이 작품의 화자는 "온수리 장날" 현금 지급기 코너에서, "열쇠왕"이라
고 쓴 "종이 금관"에 "주먹코안경"을 낀 "할아버지"를 만난다. 우스꽝스
럽게 과장된 복장은, 겨울바람을 피해 현금지급기 안에서 빵과 콜라를
먹고 있는 모습과 겹쳐지며 미묘한 느낌을 갖게 한다. 그것은 할인점 시
대의 장날처럼 정겹지만 안쓰러운 풍경일 터, 시인은 그 느낌을 "온수리
장날은 헐겁고"라는 표현으로 갈무리한다. 이런 헐거움은 "직불카드"처
럼 "압축된" 내 삶과 대비된다. 이 작품의 기저에는 "할아버지"(열쇠왕)
와 "나"(철편), "열쇠"와 "카드", '헐거움'과 '압축'(무거움)이라는 대비적인
의미소가 자리하게 되는데, "나"와 대비되는 의미항들은 시적 성찰의 계
기나 척도로 작용한다.

　"할아버지"의 모습을 바라보던 화자는 "현금지급기 거울 속"에서 자신
을 발견한다. 현금지급기에 카드를 넣고 비밀번호를 누르는 행위는 어
디론가 들어가기 위해 거치는 절차와 유사하다. 여기서 시인은 "내 몸뚱
아리는 무슨 열쇠일까"라는 질문을 발생시킨다. 이 질문은 자기 삶의 의
미와 가치에 대한 물음일 것이다. 질문이자 영탄의 형식인 '~ㄴ가'는 회
한과 자성의 의미를 지닌다. "떠돌아 왔는가" "혼자" "울며 웃는" 등은 화
자의 과거와 현재에 대한 회상과 자기진단이다. "탈칵 열리는 게 뭐 있었
던가"라는 구절이 시원하게 열린 일이 없었다는 허망함을 드러낸다면,

"상처로 파인 열쇠"와 "죽음만 비틀어 열고 말 존재"라는 구절은 미래 혹은 삶의 불발(不發)에 대한 두려움을 담고 있다.

이런 성찰은, 일상을 환기하는 "찌개용 돼지고기를 사려고 돈을 찾고 있는/잔금에 신경 쓰는/나"의 모습을 재발견하면서 단절된다. 그리고 화자는 스스로가 아직 열쇠가 되지 못한 "철편"에 불과하다는 자기 진단에 도달한다. "잔금"에 신경을 쓰는 자신의 모습을 덜 깎여 무거운 상태로 파악하는 것이다. 화자는 '어떤' 가치나 '무슨' 의미 이전에 스스로가 미처 "열쇠"가 되지 못함을 깨닫는 것이다. 이는 곧 무엇을 열고, 어디에 들지 알 수 없으나 먼저 열쇠가 되어야 한다는 인식의 확인이다. 좀 더 깎이고 헐거워져야 한다는 것, 그러기 위해서는 세속의 무게보다 가벼워져야 한다는 전제가 깔려있다. "내 몸뚱아리는 무슨 열쇠일까"라는 이 시의 화두는, 그 질문 안에 완성되지 못함에 대한 자각을 전제할 뿐 아니라, 완성의 상태와 그것에 도달하는 방법을 우회적으로 상정하고 있다.

함민복의 「열쇠왕」은 그 발상과 의미구조의 측면에서 문정영의 「흔적들」과 유사하다. 이 두 작품은 스스로를 과잉의 상태로 진단하고, 삶의 부피와 욕망의 무게를 지우거나 덜어내고자 한다. 이에 비해 윤성학의 「내력벽」은 삶이 욕망에 의해 지탱됨을, 그 둘의 얽혀있음에 눈을 돌린다.

　　실평수 17.15평의 생에
　　기둥이 하나 서 있다

기둥은 안으로 들어와 벽이 되었다

내 안으로 들어와 벽이 된 것
조금만 더 작았더라면
삶의 전용면적이 더 넓어질 수 있었을까
공연히 평수만 차지하고 있는 이 벽
이마로 쿵쿵 짚어본다
내 것이 아니면서 버리지 못했던 욕망들
잡아두려 했으나 나를 떠난 눈물들
이것을 들어낼 수 있다면,

그런데 당신은 어쩌자고
이것이
여태 나를 감당해온
내력이라 말하는가 (윤성학, 「내력벽」, 『시와 정신』 2006년 가을호)

이 작품에서 실제 거주공간의 넓이를 나타내는 "실평수"는 삶의 가용
면적을 의미한다. "17.15평"은 좁을 수도 있고 넓을 수도 있지만, 생활
의 공간이란 좁으면 좁은 대로 넓으면 넓은 대로 늘 촘촘하기 마련이다.
그런 공간에서 '내력벽'은 "공연히 평수만 차지하고 있는" 것으로 여겨진
다. "벽"은 생활의 공간으로 포섭되지 않는, 그래서 제거하고 싶은 대상

이다. 그러나 공간 활용을 위해 내력벽을 뜯어낼 수는 없다. 그것은 벽이기 이전에 기둥이기 때문이다.

집 안으로 들어와 "벽"이 된 "기둥"처럼, "욕망"과 "눈물" 역시 내 안에 들어와 삶의 면적을 잠식한다. "욕망들"은 자신이 소유하지 못한 것, 자기화하지 못한 것에 대한 갈망을 상징하며, "눈물들" 역시 나를 떠나 멀어진 것에 대한 아쉬움을 표상한다. 욕망의 대상은 내가 가지고 있는 것이 아니며, 눈물의 대상 역시 지금 내 곁에 머무는 것이 아니다. 내가 갖지 못했거나 나를 떠난 것들은 이미지나 언어로 내 안에 존재한다. 그러므로 "욕망"과 "눈물"은 실체가 부재하는 텅 빈 형식일 뿐이다. 그럼에도 불구하고 그것들은 늘 마음 안에서 가장 큰 비중을 차지한다. 헛된 갈망과 아쉬움을 걷어내면 조금 더 행복해질 수 있을까. 시인은 그 "욕망들"과 "눈물들"을 들어내고 싶어 한다. 마치 벽을 들어내 생활의 면적을 넓히고 싶은 것처럼, 욕심과 미련을 덜어내면 생이 조금 더 가볍고 평온해질 것 같기 때문이다. 그러나 3연에서 "당신"의 "말"은 2연의 시적 인식에 의문을 제기한다. "당신"은 내가 들어내고 싶어 하는 그 "욕망들"과 "눈물들"이 오히려 "나"를 지탱해 온 "내력"이라고 말한다. "어쩌자고"는 들어내고 싶은 것을 들어낼 수 없을 때 생기는 난감함의 표현이다. 그러면 "당신"의 "말"처럼 "욕망"과 "눈물"은 "나"가 존재하기 위한 필요조건일까.

실체가 없는 "욕망"과 "눈물"에 사로잡혀 있는 것은 어리석은 일이지만, 그렇다고 해서 그것을 완전히 걷어낼 수는 없다. 그것은 '나'를 형성하고 유지하는 가장 중요한 원인이기 때문이다. 욕망은 인간을 인간으

로 만드는 원리이다. 욕망은 대상뿐만 아니라 욕망의 주체를 인식하게
한다. 배가 고플 때 음식만을 생각하는 것이 아니라 바로 '내가' 배가 고
프다는 것을 인식하는 것이다. 욕망은 인간의 자의식을 형성하는 동력
이라 할 수 있다. 그러므로 "욕망"과 "눈물"은 "나"를 구성하고 지탱한다.
그것들은 건물의 "내력벽"과 같다. 거추장스럽고 불필요한 것으로 여겨
지지만, 없어서도 없앨 수도 없는 것이다. 그러므로 3연에서 "내력"은 耐
力이면서 來歷으로 읽힌다. 욕망과 상처는 정체성을 구성하는 가장 중
요한 요소이며, 그 자체가 자아의 이력이자 삶을 유지하게 하는 근간인
것이다.

욕망과 감정이 소거된 순수한 자아상이란 이론에 불과할 뿐 현실로
존재하기 어렵다. 일정한 욕망과 감정은 잉여의 덧붙임이 아니라 자아
의 부피와 무게에 이미 포함되어 있다. 덜어내기 위해 욕망과 감정을 타
자화하는 것이 오히려 주체를 과잉의 상태로 규정하는 것은 아닌지 되
물어봐야 한다. 자아와 욕망의 관계에 대한 윤성학의 시적 통찰은 새로
운 문제 설정의 가능성을 보여준다는 점에서 흥미롭다.

4

함민복과 윤성학의 시적 성찰이 내면의 질량을 어떻게 가늠할 것인가

에서 초점을 두고 있다면, 김병호의 시는 엄숙한 현실의 무게로부터 어떻게 비켜 설 것인가에 대한 모색을 보여준다. 「솔레파」는 언어유희와 은유가 복잡하게 얽힌 구조를 지닌다.

내 쓰레빠의 궤적이 언제부턴가, 내 생의 그것이다 기울어진 전봇대가 노래한다 쓰레빠가 찍은 왼발자국은 허공의 턱수염을 쓰다듬고 오른발자국은 전봇대를 타고 오르다가 슬쩍 늘어진 현수선*을 넘는다 솔레파, 노래를 따라가다 문 연 화장실에 한 남자가 누워 있다 참 시체스럽다, 라고 중얼거리는 순간 벌떡 일어난다 그가 내 노래를 신고 있다 생의 자장 안에서 가장 편안하게 늘어진 자세, 다른 신발은 아무렇게 벗어놓지만 쓰레빠만은 신발장 높은 곳에 고이 모셔놓는다 노래를 보면 모두 신고 싶은 욕망이 일어나니, 분명 태초의 역사를 가진 본능이지만 곰팡이 낀 신발장의 높이만 가져도 생의 현수선은 공유하지 못한다 몸 어디건 거기가 제일 끝이 될 준비를 하고 있는, 무엇과도 화해하는 자세를 만들면 중력장 안에서 목적지까지 가장 빠르다 죽음과 최소시간 경로, 그 비가역의 경로가 낮게 깔린 구름 발치서 웅얼거린다 노래가 나를 신고 다닌다 솔레파
*현수선은 선분 밀도가 고른 줄이 중력에만 영향을 받아 자연스럽게 늘어진 모양이다. (김병호, 「솔레파」, 『현대문학』 2006년 10월호)

'슬리퍼'가 실내에서 신는 신발이라면, '쓰레빠'는 마당이나 골목에서 끌고 다니는 신발이다. '쓰레빠'는 딱히 주인이 없는 신발이어서, 아무나

편하게 신고 다니다 아무렇게나 벗어 놓는다. 격식이 없는 '쓰레빠'는 편안함 그 자체이다. "쓰레빠의 궤적"이 "생"의 궤적과 일치한다는 첫 문장은 "생"이 그만큼 편안하게 늘어져 있음을 의미한다. "기울어진" "늘어진" "누워 있다" "시체스럽다" "편안하게 늘어진" 등의 시어들은 긴장을 잃고 늘어져 있는 "생"의 상태를 암시한다. 그리고 이런 생의 궤적은 현수선의 모양과 유사한 것이 된다. "슬쩍 늘어진 현수선"의 상태는 "쓰레빠의 궤적"이자 화자가 느끼는 "생"의 궤적인 것이다. 화장실에 누워있는 "남자"(화자 자신)는 현수선의 상태로 자연스럽게 늘어진 모양이며, 긴장이 빠져나간 "시체스러운" 자세는 "쓰레빠"를 신고 있는 심리상태와 유사하다.

그런 현수선을 음표로 번역하면 "솔레파"가 된다. 그리고 그 "솔레파"는 "쓰레빠"와 유사한 음을 지닌다. 결국 "쓰레빠"-"현수선"과 "현수선"-"솔레파", 그리고 "쓰레빠"-"솔레파"의 삼각관계는 표층의 의미망을 형성한다. "솔레파"는 "생"의 궤적을 의미하는 동시에 시인이 신는 노래의 신발이기도 하다.

그런데 이런 현수선은 결코 평온한 상태만을 의미하지 않는다. 한 점에서 한 점을 잇는 최단거리는 직선이지만, 중력의 영향을 받으면 직선은 자연스럽게 늘어진 모양이 된다. 중력장 안에서 현수선은 어떤 목적지에 이르는 최단거리가 되는 것이다. 시인은 생의 현수선이란 결국 "죽음과 최소시간 경로"라고 말한다. 그리고 그것은 "비가역의 경로"이다. 한껏 늘어져 편안해 보이는 삶의 궤적이란 실은 죽음을 향한 최단거리라는 것, 그리고 그 선의 경로는 결코 돌이킬 수 없다는 인식이 드러난다.

생이 죽음으로의 최소경로라는 인식은 상당히 비극적이다. 그러나 이런 비정함을 "솔레파"로 번역하는 데 이 시의 매력이 있다. 죽음으로 이어진 삶의 궤적을 "솔레파"라는 경쾌한 노래로 바꿔 부르는 지점에서 생의 엄중함으로부터 벗어날 수 있는 틈이 생긴다. "쓰레빠" 혹은 "솔레파"는 죽음으로 향하는 삶의 가파른 능선을 가볍게 넘어가게 해준다. 여기엔 현실의 무게와 엄중함에 정면으로 맞서지 않고 슬쩍 비켜서는 태도가 엿보인다. 노래의 본래적 기능이 삶의 질곡과 무게, 거기서 파생되는 고통과 긴장을 완화하는 것이라면, 이 작품의 시적 지혜는 이런 노래의 본질과 맞닿아 있는 것으로 보인다.

한 편에 이러한 성찰의 정공법이 있다면, 다른 한 편엔 경쾌함으로 삶의 고통을 넘어서는 경향들도 있다. 문학이 추구해야 할 가치로서의 가벼움은, 단순히 표현의 층위에서 발생하는 것이 아니라 삶의 무게를 완화하고 그것의 질곡을 넘어서게 만드는 데서 생성된다. 지나치게 가벼워 중심이 없는 경박함이 아니라면, 슬픔과 고통을 날렵하게 넘어서는 방식은 늘 유쾌하다. 이윤설의 시는 통통 튀는 '공놀이'(「아주 몹쓸 계집애」) 같다. 그의 분방한 상상력과 언어구사는 다분히 만화적이다. 「이 밤이 새도록 박쥐」의 장난스럽고 발랄한 상상력은 경쾌한 어조와 맞물리면서 독특한 시적 표정을 연출한다.

네가 정중히 뒷문을 가리키며 꺼지라고 소리치던 나야 나

네가 쓰레기라고 말했던 나야 나, 검게 탄 미소로 뒷걸음치다

난 자동차에 치였을 뿐,

신발이 구르고 어깨를 감싸던 검정 망토가 풀썩 덮쳤지

삐뽀삐뽀 사거리 순서가 뒤얽혀

신호등이 앵무새의 호동그란 눈을 치켜뜨고

경광등을 컨 고양이들은

거리로 몰려나왔지 딴 세상의 똘마니들이 도래한 거야

힘들어 죽겠는 망토의 두 팔을 쫙 펼치자 때마침 바람이 폭풍이

아하 비틀,

할 줄 알았겠지만 나는 붕 날아올랐어

······(중략)······

눈빛이 칼날같이 그려진 나야

얼굴을 파묻고 검정 망토에 손깍지 끼면

발밑이 떠오르고 두 팔 벌리어 바람의 양감을 느낄 수 있고

조타수처럼 방향을 조종할 수도 있지

날아가는 나를 알아보는 이는 없겠지만

내 검은 그림자는 숲에서 죽은 새의 몸처럼 눈에 띄지 않는

숨은 비밀이겠지만 갈대숲의 흔들리는 고뇌 속에

내 눈물이 떨어진 걸 아무도 모를 테지만

여전히 사랑을 원하는 삐진 표정이겠지만

······(중략)······

지붕과 지붕 사이 붕 떠올라 달을 쿡 찌르고

쿡, 쿡, 쿡, 웃어 죽겠는 나야 나

눈빛이 칼날같이

이제 나야 나 　(이윤설, 「이 밤이 새도록 박쥐」 부분, 『시에』 2006년 가을호)

「이 밤이 새도록 박쥐」는 경쾌하다. "날 좀 봐 주름이 좀 이뻐"와 같은 가벼운 구어체와 어조, 발랄한 이미지를 통해 경쾌한 시적 분위기를 형성한다. "베토벤 음표들처럼 거꾸로 매달려" "앵무새처럼 호동그란 눈" 같은 표현들이나 "뙤똥뙤똥" "퐁당 퐁퐁당" "삐뽀삐뽀" "붕" 등의 의태어와 의성어들도 가볍고 유쾌한 시적 효과를 불러일으킨다. 그러나 이 시의 경쾌함은 무엇보다도 "박쥐"로의 변신에서 발생한다. 이 시에서 "나"는 "너"로부터 "쓰레기" 취급을 받고, 그렇게 버림받은 "나"는 교통사고를 당한다. 그 비극적인 사건의 극점에서 "나"는 "박쥐"로 변신한다. "뙤똥뙤똥" 걷던 "오리"같은 화자가 날개를 활짝 펴고 날아가는 "박쥐"로 변신하는 순간, 모멸과 고통의 무게는 순식간에 가벼움으로 치환된다. "아하 비틀,/할 줄 알았겠지만 나는 붕 날아올랐어"에서, "비틀"로부터 "붕"으로의 장난스런 반전은 의외성을 강조하면서 그 가벼움을 극대화한다.

　표현 층위의 경쾌함과는 달리, 이 시의 의미구조는 가볍지만은 않다. 이 시의 전반부는 사랑-배신-복수의 멜로드라마 구조를 차용하고 있지만, 시의 후반부로 갈수록 통속적인 의미구조는 사라지고 정체성의 모색이 두드러지는 양상을 보인다. "박쥐"가 되어 날아오른 화자에게 지상은 이제 자신이 속한 세계가 아니다. 관점의 변화에 따라 지상의 세계는 이제 낯선 모습으로 나타난다. "더러운" "비웃음" "굴욕" "납작한" 등에서처럼, 누추하고 굴욕적인 모습으로 묘사되는 지상은, 변신 이전의 자아상임을 암시한다. 변신한 화자는 새로운 자아를 찾아야 한다. 시의 후반부에는 "나"의 모습 혹은 욕망에 대한 표현들이 자주 등장한다. "나"는 여전히 사랑을 원하지만 그것에 종속되지는 않으려고 하며, "눈빛이 칼날같이 그려진" 모습은 더 이상 온순하고 수동적이지 않은 상태를 드러낸다. 혹은 "조타수처럼 방향을 조종할 수도 있지" "나 잘 살고 있어"에서처럼, "너"를 상정하지 않은 나 혼자의 삶을 모색하기도 한다. 이 시에 반복되는 "나야 나"는 끊임없는 자기 확인이자 정체성의 모색을 표상하는 시어이다. "눈빛이 칼날같이/이제 나야 나"에서 "이제"는 그런 "나"에 대한 확인이 비로소 완성되었음을 의미한다.

　이윤설의 「이 밤이 새도록 박쥐」는 이런 과정마저 유쾌한 것으로 만든다. 진지한 대목에서도 "쿡, 쿡, 쿡, 웃어 죽겠는 나야 나"처럼 어김없이 장난기가 발동한다. 놀이는 삶과 경험의 완강함을 부드럽고 유쾌한 것으로 만든다. 아이가 놀이를 통해 사회를 경험하고 자기 정체성을 찾아가듯, 변신놀이를 통해 이 시의 화자는 자아의 발견하고 경험의 지평을 확대한다. 이런 놀이의 상상력이 시의 어조나 이미지, 언어선택의 발랄함을 더욱 배가시킨다. 경쾌하고 발랄한 이 시의 상상력은 상처의 극복과 정체성의 회복에 적극적으로 가담함으로써 그것이 지닌 무게와 고통을 덜어내는 역할을 한다.

5

성찰은 서정의 중심축이다. 삶의 부피와 욕망의 무게를 어떻게 가늠할 것인지 살피는 것이 과잉의 시대를 살아가는 시의 책무일 것이다. 더불어 우리 시의 관용적인 성찰 방식 역시 성찰의 대상이 되어야 한다. 문제를 어떻게 설정하는가에 따라 답의 형식이 예정된다는 점에서, 근본적인 성찰 방식의 수정 없이 새로운 문학적 성찰이라는 답은 불가능하다.

시적 성찰의 관점과 방식에 정해진 바가 있을 수 없다. 세대와 경험, 취향과 태도에 따라 무수히 달라져야 마땅하다. 한때 유행하는 사유방식이 허방이라면 널리 인정되어 굳어진 방식은 차라리 덫에 가깝다. 다만 끊임없이 묻고 찾아 헤매야하는 것, 진정한 시학이란 붙잡을 수 없는 것, 결코 오래 머물지 않는 것은 아닌지.

'손'의 현상학

1. '눈(目)'이 '손(手)'에게 묻지 않았던 것

눈과 손은 비교의 대상이 될 수 있다. 둘은 보완관계에 있으면서 다른 역할을 한다. '눈'이 보고 판단하는 기관이라면, '손'은 만지고 실천하는 기관이다. 보는 것은 사유 행위를 상징하므로 '눈'은 정신의 영역과 친연하다. 반면, '손'은 육체에 속하며 만지는 것은 실천 행위를 의미한다. 전통적으로 촉각은 시각에 비해 모호하고 저급한 것으로 여겨져 왔다. '눈'은 이성의 빛으로 세계를 밝히고 구성하는 역할을 자처함으로써 가장 근대적인 감각으로 군림해 왔다. 반면, '손'은 직접적인 날것의 감각을 제공한다. 촉각에는 배열하고 질서 짓는 사유의 원근법이 존재하지 않는다. 그러므로 '눈' 중심의 사유체계를 전복하는 전략과 방법으로 '손-촉각'이 새롭게 강조되기도 한다.

최근의 시들은 '신체'나 '감각'에 민감하게 반응하는 경향을 보인다. 특정 신체 기관과 감각을 매개로 한 시적 사유들은 고립되고 분절된 신체를 통해 파편화된 세계상을 드러내거나, 의식과 욕망이 뒤엉킨 갈등의 공간으로서의 육체성을 다루는 한편, 유기적 통일체로서의 몸에 대한 성찰과 그 회복을 지향하는 등 다양한 스펙트럼을 갖는다. 이번 계간평은 그런 경향들 중에서 '손'을 시적 대상으로 한 작품들을 살펴보기로 한다. 전통적인 의미에서의 '손' 혹은 신체에 대한 사유로부터 새로운 상상력의 매개로 활용되는 양상에 이르기까지, '손'은 지금-여기의 다채로운 현장성을 살필 수 있는 흥미로운 키워드가 되기 때문이다.

2. '빈손'들

'빈손'은 '손'과 등가가 아니다. '빈손'이 자연 상태의 손이라는 생각은 특정한 의식체계의 소산이다. 손은 항상 도구를 쥐고 있는 상태를 전제로 한다. 인간의 손이 대지와 분리되는 순간, 손은 자유로워졌을까. 그 순간 도구에 속박되기 시작한 것은 아닐까. 기관으로서의 손은 도구를 잡았을 때 '발견'됐을 것이다. 도구의 사용과 진화의 역사를 떠올리지 않더라도, 손은 항상 사물 혹은 외부 세계와 맞닿아 있다. 물건을 쥐고 있지 않을 때조차 손은 사물의 흔적을 기억한다. 버릇이나 솜씨, 기술의 형식으로 손 위에 머무는 무형의 흔적들은 시간이 지나도 손을 떠나지 않는다.

그러므로 '빈손'은 자연스러운 상태가 아니라 관념들에 의해 발견되고 만들어진 손의 독특한 형식이라 할 수 있다. '빈손'은 손 위에 공간을 부

여하고 그 비어있음을 특화시킨 말이다. 그것은 '비워야 하는' 의식적인
노력에 의해 도달할 수 있는 어떤 경지를 상징한다. 오정국의 「일몰의
빈손」에서 "빈손"은 이런 관념적 상태를 의미한다.

저기 무엇이 담길지는 생각지 말자

빈손이다

아름드리 팽나무 밑의
平床, 거기 무릎 꿇고 앉아
공중으로 두 손을 받들어 올리는
노인네, 움푹 팬
궁기의 눈빛으로 올려다보는
하늘

빈 그릇이다   (오정국, 「일몰의 빈손」 부분, 『시작』 2007 겨울호)

오정국의 「일몰의 빈손」에서 "빈손"은 전통적인 의미에서의 비어있음
을 상징한다. "빈손", "공중", "궁기의 눈빛", "하늘", "빈 그릇"은 모두 비
어있음의 이미지들이다. "빈손"은 곧 "빈 그릇"이며, "일몰"이자 "노인네"
이다. "食率"도, "經典"도, "呪文"도 털어버린 "백발의 할아버지"는 초탈

한 수도승의 이미지를 환기하며, "빈손"으로 일몰을 맞이하는 자세는 집착이 없이 허허로운 상태로 소멸을 준비하는 태도를 암시한다.

이 시에서 "빈손"은, 쥐고 있는 것이 없음을 의미하기보다는 금욕과 절제를 통해 도달해야하는 손의 특별한 존재형식이다. 손가락과 손바닥이 만드는 공간의 크기나 그 안에 담을 수 있는 사물의 크기에는 한계가 있지만, 손이 품고 있는 욕망의 크기는 무한하다. 문제는 사물을 놓는 것이 아니라 그 욕망의 부피를 어떻게 줄이느냐에 있는 것이다. 그러므로 '빈손'은 쉽게 도달할 수 있는 자연의 상태가 아니다. 그러나 사물의 기억조차 완전히 비워낸 손은 현실적으로 존재하기 어렵다. 김기택의 「손가락들」에서 "손가락"들은 도구와 행위를 기억하는 손이다. 항상 도구와 일이 깃들어 있는 손으로부터 그 도구와 일을 뺏는다면, 손은 과연 편안해질까.

옷을 갈아입고 외출하다
뭔가 쓰려고 보니 주머니에 볼펜이 없다.
적어놓지 못한 생각들이 불안하다.
얼른 종이에 찰싹 들러붙지 못해 우왕좌왕한다.
쓰는 데 중독된 손가락은 무엇을 해야 할지 몰라
공연히 주머니에서 핸드폰으로 수첩으로 돌아다니고 있다.

손가락들

다섯 가락으로 갈라지고 마디가 있는

포클레인처럼 한 방향으로만 굽어지는

버스 손잡이든 신문이든 쥐고서

흙과 돌을 잔뜩 움켜쥔 뿌리를 흉내 내고 있는

꽃과 잎을 잔뜩 매단 나뭇가지를 흉내 내고 있는

잇몸에서 돋은 이빨처럼 무엇이든 곧 물 준비가 되어 있는

손가락들

겨울나무처럼 이파리 하나 없이 비어 있는 동안

손가락은 볼펜심처럼 단단하고 뾰족하다

무언가 쓰려는 듯 올라와서

허공에서 어디로 갈까 멈칫거리다

하릴없이 머리를 긁고 또 머리칼을 쓸어 넘기고

코를 만지작거리고 콧구멍을 더 깊이 후비고 (김기택, 「손가락들」, 『시작』

2007 겨울호)

「손가락들」은 누구나 한두 번쯤 겪게 되는, 일상으로부터의 사소한 일탈을 시적 계기로 한다. 항상 지니고 다니던 물건이 없을 때, 누구나 허전하고 불안해진다. 이 작품에서 화자는 뭔가를 쓰려다 볼펜이 없음을 깨닫는다. 그러자 종이로 옮겨지지 못한 생각들은 불안하게 "우왕좌왕"하고, "쓰는 데 중독된 손가락"은 갈피를 잡지 못한다. 도구와 일에 길들

여져 있는 "손가락들"은 '빈손'의 상태를 견디지 못하는 것이다.

손가락의 모양과 습성을 묘사하고 있는 2연에서는 김기택 특유의 관찰력과 비유가 두드러진다. "손가락"은 "한 방향으로만" 굽어지거나 무엇이든 "잔뜩" 움켜쥐려는 속성을 지니며, "이빨"처럼 무엇이든 물려고 하는 본능을 지닌다. "손가락들"은 스스로의 욕망과 의지를 가진 존재로 그려진다. "한 방향으로만 굽어지는" 혹은 "잔뜩"에서 환기되는 일방적인 고집과 욕망, 무엇이든 물 것 같은 "이빨"의 공격성은, 이기심과 탐욕에 사로잡힌 인간의 모습을 환기한다.

잎이 없는 것이 겨울철 나무의 자연스런 모습이듯이, '빈손'도 손의 여러 형식들 중의 하나이며 그 자체로 자연스럽게 여겨져야 한다. 그러나 비어있는 동안 손가락은 단단하고 뾰족해진다. 아무것도 쥐고 있지 않은 상태의 "손가락들"은 마치 금단현상을 겪듯이 예민하고 날카로워지는 것이다. 쓰지 못할 때 겪는 불안은 쓰는 데 얼마나 집착했는지를 드러낸다. 이런 "손가락들"의 집착은 끊임없이 생산하고 소비해야 하는 자본주의 삶의 조건들을 연상케 한다. 휴식조차 일처럼 해치우는 사회에서 잠시라도 노동하지 않는 것은 불안한 일이다. 오직 노동만이 정상인 사회, 아무 것도 하지 않는 것 혹은 비어 있음을 견디지 못하는 현실은 건강하지 못하다. 김기택의 '빈손'이 노동에의 강박증을 앓는다면, 이문재의 '빈손'은 타자의 결여로 힘들어 한다.

손이 하는 일은 다른 손을 찾는 것이다

마음이 마음에게 지고

내가 나인 것이

시끄러워 견딜 수 없을 때

내가 네가 아닌 것이

견딜 수 없이 시끄러울 때

그리하여 탈진해서

온종일 누워 있을 때 보라

여기가 삶의 끝인 것 같을 때

내가 나를 떠날 것 같을 때

손을 보라

왼손은 늘 오른손을 찾고

두 손은 다른 손을 찾고 있었다

손은 늘 따로 혼자 있었다

빈손이 가장 무거웠다

겨우 몸을 일으켜

생수 한 모금 마시며 알았다

모든 진정한 고마움에는

독약 같은 미량의 미안함이 묻어 있다

고맙다는 말은 따로 혼자 있지 못한다

고맙고 미안하다고 말해야 한다

엊저녁 너는 고마움이었고

오늘 아침 나는 미안함이다

손이 하는 일은

결국 다른 손을 찾는 것이다

오른손이 왼손을 찾아

가슴 앞에서 가지런해지는 까닭은

빈손이 그토록 무겁기 때문이다

미안함이 그토록 무겁기 때문이다   (이문재, 「손은 손을 찾는다」, 『문예중
앙』 2007 겨울호)

　이 시에서 화자는 "온종일 누워" 않는다. "견딜 수 없이" 시끄러워 "탈
진"하고, "삶의 끝"에서 "겨우" 몸을 일으킬 정도로 화자의 병세는 심각하
다. 화자는 견디기 힘든 시끄러움에 시달린다. 그 시끄러움은 자아의 어
지러운 내면에서 비롯된다. 주체로서의 "마음"과 대상으로서의 "마음"이
나누어지듯이, "나" 역시 주체와 대상으로 구분된다. 구분의 형식은 자
칫 배제의 논리를 낳기도 한다. 시끄러움은 이런 분리에 따른 내적 갈등
에서 비롯되며, 자아의 과잉은 결국 타자와의 단절을 유발하기도 한다.
　이런 "삶의 끝" 혹은 "내가 나를 떠날 것" 같은 위태로운 상황에서, 화
자는 "손"이 "다른 손"을 찾고 있었음을 발견한다. 힘들고 고통스러울 때
"손"에게 가장 소중하고 필요한 것은 바로 "다른 손"인 것이다. "빈손이
가장 무겁다"라는 역설은 다른 손을 잡는 것이 손의 본능이자 임무임을

깨달은 것에서 생성된다. 내 손 위에 얹힌 다른 사람의 손과 온기를 느낄 때, "손"이 "손"을 찾고 있었음을 알게 되며 빈손의 무게 혹은 부재의 무거움을 새삼 느끼는 것이다. 그러므로 무거운 "빈손"의 무게를 덜기 위해서 "왼손"은 "오른손"을, "두 손"은 "다른 손"을 잡아야 한다.

"다른 손"을 찾아 잡는 것은 "손"의 가장 중요한 존재의 형식이다. 그것은 타자를 긍정하고 수용하는 것이며 이때 비로소 생의 무게는 가벼워질 것이다. 그러므로 밤새 내 손을 잡아 준 "너"는 "고마움"이며 "나"는 한없는 "미안함"이다. 늘 따로 혼자 있는 "손"은 "빈손"의 상태이며 타자의 부재로 인한 결여의 상태이다. 그 외로움의 무게를 덜어내고 나를 치유하는 것은 "다른 손" 곧 타자이다. 그러므로 가슴 앞에서 두 손을 가지런히 하는 몸짓은 화자 자신의 내적 윤리이자 타자를 향한 진정성의 표출이라 할 것이다.

3. 사유하는 손

'손'은 사유를 실현하는 도구이면서 실천행위를 통해 다시 사유를 강화하기도 한다. 손을 통해 주체의 의지와 욕망을 관철시키는 과정에서 문명과 문화가 발생하며, 이로부터 인간은 생물학적 한계를 넘어선다. 그러므로 손은 인간을 인간이게 하는 가장 중요한 신체기관이다. 유안진의 시는 정신의 연장이자 실천이라는 손의 의미를 재발견하는 데서 시작된다.

백년도 살 수 없어 만년을 꿈꾸게 되었다 하네

억울하고 고통스러워 꿈이 호사스러웠다고 하네

꿈은 머리도 가슴도 아닌 두 손의 몫이었다 하네

그래서 사주(四柱)보다 관상이고 관상(觀相)보다 심상이지만

심상(心相)도 수상(手相)만 못하다고 했다하네

그래서 손[手]끝에서 모양(模樣)난다고들 했다하네

꿈꿀수록 손들은 진화에 진화를 거듭했다 하네

진화된 손들은 보석이상의 보물이 되어

더러는 앉고 서고 눕고 엎드렸고

더러는 부스러지고 잘려나가고 찌부러지고 뭉그러졌어도

오히려 오묘하고 눈이 부시네

박물관 한 지붕 아래 한 칸 방에서도

의좋게 사이도 좋게 잘도 어울리며

말할 수 있는 말보다 더 많은 말을 대신해 주네. (유안진, 「손[手]들이 사는

집」부분, 『현대시』 2007. 1)

박물관은 매력적인 공간이다. 그곳에서 관람객은 시·공간의 한계를

넘나드는 경험의 동시성을 체험한다. 시간을 공간화한다는 점에서 박물관은 근대의 속성을 체현하기도 한다. 각 시대는 효과적인 동선을 고려해 배치되고 시간의 흐름은 관람객의 시선에 따라 재연된다. 이 작품에서도 "BC"와 "AD", "구석기"와 "신석기" 등의 시간들은 공간의 형식으로 박물관 안에 공존한다. 흥미로운 것은 화자의 시선이다. 화자는 유물의 수집과 배열에 작용하는 근대적 원리보다, 박물관 자체를 호기심 어린 시선으로 바라본다. 이 작품에서 "박물관"이 "손들이 사는 집"으로 명명되는 것도 이런 천진난만한 시선에 의해서이다. 그러므로 화자는 각각의 시대와 그 시대의 유물들이 "의좋게 사이도 좋게 잘도 어울리며" 함께 공존한다고 표현한다.

그러면서 화자는 그 유물에서 무명의 "손들"을 발견해낸다. 박물관의 유물들이란 실상 행복의 산물이 아니다. 장인의 삶이 그러했듯이, "손"은 가슴 혹은 머리와는 달리 비속하게 여겨졌기 때문이다. "억울하고 고통스러워"에서처럼 손에 얽힌 삶은 행복하지 않았다. 그런데 그 고통이 "꿈"을 낳고 그를 통해 "손"은 소멸의 시간을 넘을 수 있게 된다. "꿈"을 잉태한 "손"은 "보석"으로 태어나지 않았지만 "보물"로 남게 된다.

통상 꿈은 손보다는 가슴이나 머리의 몫이라고 여겨진다. 그러나 정작 그 꿈을 현실화하는 것은 손이다. 그러므로 시인은 "사주"나 "관상" 혹은 "심상"이 "수상"보다 못하다는 옛말이나 "손끝에서 모양난다"는 속담을 통해 손의 가치와 기능에 적극적인 의미를 부여한다. 실천의 수단인 손은 문명과 문화를 가능케 한다. 그리고 그것을 통해 인간은 존재의 유한성을 극복한다. 문명과 문화의 자장 안에서 생물학적 존재로서의 인간은 사회·역사적 존재로 태어나고 그를 통해 불멸의 삶을 얻는다. 신체 기관인 "손"으로 인해 신체의 한계를 넘어서는 것이다. "손"은 주체의 의지를 실현시키는 기관이며 정신의 연장인 것이다. '손'에 대한 문화사적 고찰과 달리, 자기 '손'의 발견은 내면적 성찰의 계기가 되기도 한다.

최신식 아파트의 현관문을 열 수도 있고

주민증을 잃으면 내가 나임을 증명할 수도 있고

재일본 한국교민은 일본인이 아님을 증명해야 하고

미합중국에 입국할 때는 비자(visa)보다 더 필수적인

이 하찮은 표식은 본래 창조신이

사람은 누구나 평등하다고

60억 인류 각자가 유일무이한 존재라고

위조 불가능하게 새겨주신 것이라는데

열 손가락에 열 개씩이나 가지고

최신식 아파트를 열어본 적도

평등한 나를 증명한 적도 없었지만

미국은 몇 번 드나들었으나

때없이 스스로가 한심스러워질 때마다

버릇대로 맞비벼대던 손바닥을 내려다보면

벌겋게 상기되어 도드라지는 지문(指紋)들

크나큰 우주에서 누구도 대신 못하는

절대가치의 나를 증명해주는 독특한 바코드(bar-code)라고

찬거리 값이 찍히는 슈퍼의 계산기 앞에서도

가끔은 손가락 꼼지락거리며 혼자 감격하느니, (유안진, 「바코드」, 『작가세

계』 2006년 겨울호)

　인간은 누구나 각기 다른 지문을 갖는다. 지문은 스스로를 증명하는
표식이자 평등과 유일함의 상징이다. 그러나 지문의 현실적 쓰임새는
평등의 확인이나 독자적 가치의 입증과는 거리가 멀다. 지문을 필요로
하는 상황이란 감시와 관리, 차별과 규율에 관련되곤 한다. 나를 나이게
하는 표식이 생체정보로 취급되고 보안과 방범이라는 명목 하에 통제의
수단으로 사용된다면, 이것은 인간적 가치의 훼손이자 규율 체계의 부
정성을 드러내는 일이다.

　시인은 이런 현실적 모순을 슬며시 언급하면서도 그 부조리 자체를
다루지 않는다. 시인이 경험하는 평균적인 일상의 삶에서 지문은 중요
한 의미를 지니지 않는다. "최신식 아파트"에 살지 않는 보통의 사람들
은 "주민증"을 잃어버리지 않거나 외국에 나가지 않는다면, 신이 주신
"위조불가능한" 그 표식을 사용할 기회조차 없기 때문이다. 그러나 내
가 나임을 증명할 필요가 없다는 것은 내가 나임을 인식할 계기가 적음
을 암시하는 것이기도 하다. "때없이 스스로가 한심스러워질 때마다" 손
을 비비는 화자의 행위는 그런 일상적 자아의 발견에서 비롯된다. 아무

도 묻지 않지만 스스로 묻고 살핌으로써 내가 나임을 확인하는 것이다. 그러므로 "상기되어 도드라지는 지문"은 자존심이든 부끄러움이든 화자의 자의식을 상징한다. 상품의 바코드를 읽어내는 "슈퍼의 계산기"처럼, "손가락"을 만져 "바코드"를 읽는 것은 자신의 가치와 의미를 스스로 인식하고자 하는 몸짓이다. 그러므로 이때의 "감격"은 그 가치를 재인식하고 인정하는 것에서 비롯된다.

대량으로 생산되고 대량으로 소비되는 상품사회에서 화자는 스스로를 교환 불가능한 절대가치의 존재로 인정하고자 한다. 이런 자기 확인의 과정에서 '손'은 개성적 존재의 근거가 된다. '손'과 신체는 나를 나이게 하는 확고한 실체이자 사유의 토대라 할 수 있다. 「손[手]들이 사는 집」에서 '손'이 나를 확장하고 실현하는 수단이라면, 「바코드」에서 '손'은 나를 나이게 하는 근거이다. 두 작품은 신체에 대한 이성적 관점을 바탕으로 하며, 나(의식)와 손(신체)의 긴밀한 조응 관계를 전제로 한다.

4. 쓰는 손

유안진의 시들이 전통적인 서정의 인식 구조를 기반으로 한다면, 김행숙의 시는 새로운 독법을 요구한다. 김행숙은, 「옆모습」(『현대시』 2007.1)에서 "천천히 회전한다/네게 박수를 보낼 수 없어!/오른손이 왼손을 모르고/오른손이 오른손도 모르고/너는 자꾸 벗어난다"고 말함으로써 두 손이 서로 만날 수 없음을 강조한다. '나의 오른손은 나의 왼손을 모른다'는 발레리의 말을 연상시키는 이런 진술은, '옆모습' 자체가 하나의 자아로 파악되는 데서 발생한다. '옆모습'을 옆모습으로 인식하는 것이 아니라, 바라보이는 그대로 온전한 모습으로 인식하는 것은 철저히 감각적인 관찰의 결과이다. 그러므로 "오른손"과 "왼손"은 각각 다른 신체에 속하거나 이질적인 기관이 된다. 이때 몸은 정신을 정점으로 한 하나의 유기체가 아니라, 불균등하고 이질적인 기관들이 각자의 공간을 점유하고 있는 괴상한 구성물이 된다. 「옆모습」에서의 시적 인식은 「손」에서 보이는 "생각"에 대한 근본적인 회의와 관련된다.

마차들에서 말들이 분리되는 순간
마차는 스톱!하지 않았다
마차는
서서 생각하지 않았다

나는 생각하지 않는다
나는 쓴다, 나로부터 멀어지는 말발굽들처럼

극적으로 쓰러지는 대단원의 인물들처럼
다시 일어나 화려하게 웃으며 무대 인사를 하는 여배우처럼

다른 사람처럼

허공에 휘어진 채찍처럼

나는 만지고

사랑하였다

나는 쓴다, 쓰고 나서 지우지 않고 쓴다

나는 살인의 현장을 지나, 떨어져 있는 칼, 다시 떨어져 있는 손, 갈퀴, 나의

가난

추적자의 손길처럼

환해지고

집요해진다

왕의 주먹이 만들어지고

쾅, 원탁의 한가운데를 내리치고 솟구치는

나의 날개

세계에 떨어지는 주사위들   (김행숙, 「손」, 『실천문학』 2006년 겨울호)

　이 시의 초반부는 "말"과 "마차", "생각"과 "쓰기" 등의 미묘한 대칭으로
구성된다. "말들"이 분리된 "마차들"은 동력을 상실하고 멈춰 선다. 나
로부터 말발굽들이 멀어져가는 것에서 보이듯 나 역시 멈춰 있다. 그런

데 멈춰 선 "마차"는 생각하지 않는다. 멈춤은 생각하지 않음이고 여기서 "나는 생각하지 않는다"는 진술이 발생한다. 나는 생각하지 않고 대신 "쓴다". 존재의 근거가 사유에서 쓰기로 바뀌며 사유하는 존재를 쓰는 존재가 대신하는 것이다.

생각이 머리의 몫이라면 쓰기는 손의 몫이다. 손의 쓰기는 사유 주체가 그려놓은 관념의 지도를 따라 가는 것이 아니다. 손의 쓰기는 구성과 재현을 지향하지 않으며 실체가 부재하는 흔적이며 우연의 놀이에 가깝다. 그것은 가면을 쓰고 다른 자아를 사는 연극이거나 "다른 사람처럼" 말하고 행동하는 것이다. 그러므로 "주사위" 혹은 손의 쓰기는 의미의 설계를 따라가지 않고 예측할 수 없는 우연에 맡기는 것이다. 이런 글쓰기에서 의미의 원천이자 고유한 주체는 허물어진 경계의 어디쯤 파편으로 흩어져 있다. 소실점을 상실한 원근법이 전혀 색다른 그림으로 나타나듯이, 사유주체로 수렴되지 않는 쓰기는 무정형의 놀이에 가까워지는 것이다.

김행숙의 시는 들추기 싫은 기억을 덮기 위해 쓰듯이 글의 선형적인 질서와 의미의 연쇄를 파괴한다. 재현과 논리를 벗어나려는 시쓰기는 들뢰즈의 '손적인 것'에 가깝다. 구성하고 종합하는 '눈'의 쓰기와 달리, '손'의 쓰기는 의미소의 간격을 최대한 벌려 단절시키고 파편화 시킨다. 언어들은 규칙을 갖고 이양되는 것이 아니라 무질서하게 파종된 듯이 보인다.

5. 생성만을 생성하기

시의 갱신은 관념으로 고착되지 않는 생생한 감각과 자기 숙고로부터 비롯된다. 미학적 다양성의 시대에 어떤 글쓰기가 우월하다 말할 수 없겠지만, 선험적인 관념에 기댈 때 시는 스스로의 동력을 상실하고 만다. 방법과 정신의 고착이 진행되는 순간 시적 역동성이 휘발됨은 물론이다. 과거의 방법과 형식에 매몰되지 않고 새로움을 창조하려는 자세로부터 시의 새로운 힘은 발생할 것이다.

익숙해 편안한 것으로부터 당혹스럽지만 매혹적인 것까지, 그들은 지금 우리 시의 '왼손'이거나 '오른손'이다. 인식과 경험의 층위가 복잡하고 다양해진다는 점에서 시적 경향이 분화되는 현상은 자연스러운 일이다. 문학 장 안에서조차 소통이 어려울 정도로 단절되고 고립된 시적 지형들은 이제 어색하지도 않다. 김행숙의 시를 원용하면, '오른손'은 '왼손'을 모르고, 어쩌면 '오른손'은 '오른손'을 모르기도 한다. 이런 환경이 안타까운 나머지 문학적 보편과 소통을 강조하는 것은 자칫 동일화의 위험을 지닌다. 굳이 두 손이 박수나 악수의 형식으로 만날 필요도 없다. 다만 스스로의 자리를 넓히고 진정성을 확보해간다면, '오른손'과 '왼손'은 서로를 알아보게 될 것이기 때문이다.

'새로움'에 반하는 새로움의 세 방식

1.

역사의 마디를 설정할 수 있다면 각각의 마디는 단절에 의해 구획될 것이다. 단절은 이전 시기와의 불연속 혹은 차별성을 가름하는 순간일 터, 새로움은 이전 시기와의 단절 혹은 부정의 형식으로 나타나기 마련이다. 그러므로 철학사 자체가 해체의 역사이고, 문학사는 끊임없는 부정과 생성의 역사이다. 철학사 전체를 재사유해야 한다는 점에서 해체는 철학의 방법이자 본질이며, 문학사 전체를 전복하고 재구성해야 한다는 점에서 새로움은 문학의 방법이자 본질이라 하겠다.

근대문학이 신문학이란 이름으로 출발한 이후 새로움은 늘 우리 문학의 화두였으니, 다시금 새로움의 이름으로 우리 문학을 돌아보는 것이 새삼스러운 일이긴 하다. 그러나 우리 문학을 새롭게 구성하는 경향들이 한 걸음만 물러서서 보면 비슷비슷해 보이는 것은 문제적이라 할 것이다. 새로움이 문학의 본질이라면 그 새로움을 실현하는 방식은 다양한 방향과 층위로 구성되어야 한다. 새로움에 대한 고정된 준거나 한정된 경로, 현상에 고착되거나 특정 경향에 전유된 새로움은 자칫 새로움이 지닌 긍정적 힘을 무화시킬 수 있기 때문이다. 어쩌면 지금이야말로 문학의 새로움에 대한 반성적 접근이 절실히 필요한 시점일 수도 있을 터, 세 명의 시인들이 보여주는 '새로움'에 반하는 새로움의 방식을 통해 '지금 여기'의 시들이 지닌 새로움의 의미를 반추해 보기로 한다.

2.

'그때'와 달리, '한때'는 경험 혹은 시간의 질적 변화를 부각시킨다. '한때'로 지칭되는 지나간 삶의 마디들은 지금과는 다른 경험의 지평 혹은 불연속적 시간대에 위치한다. 이영옥의 시에서 "한때"는 시인의 내면 깊숙한 곳에 자리하는 '주먹만한 구멍 한 개'로 연결되는데, 깊고 어둡고 아득한 구멍에는 세월의 더께를 뒤집어 쓴 기억과 상처들이 흩어져 있다. "한때"로 시작되는 「삼나무 떼」는 세월이 만들어 놓은 기억의 단층을 조망하면서 떠나는 것과 머무는 것, 그에 따른 내면의 갈등을 회상하는 작품이다.

이 시에서 흘러가는 것들-"길"과 "바람", "큰 언니"와 "작은 언니"-은 흐를 수 있어 자유롭지만, "망가져 돌아오거나" "아예 오지" 않는 허무한 존재들이다. 시적 화자는 모든 것이 흘러가는 것이라 생각하지만 정작 스스로는 흘러가지 않는다. "나"는, "생각했다", "들었다", "지켜보았다", "꿈을 꾸었다", "궁금했다" 등에서처럼 숙고와 관조의 자세로 일관한다. 식물성의 화자는 욕망을 적극적으로 실현하기보다 생각과 꿈꾸기를 통해 시간의 흐름을 묵묵히 견디려 한다.

이런 정적인 태도와 달리, 화자의 내면은 갈등으로 웅성거린다. 내부로부터 들려오는 "마른바람 소리"는 화자 자신이 몸 안에 바람을 가두고 있음을 암시한다. 또한 "떠나려는 길의 양켠을" 붙들기도 하고, 그림자의 "키를 줄였다 늘이면서", "외로움"을 견디는 삼나무의 모습에는 화자의 어수선한 내면이 투영되어 있다. 흘러가지 못하지만 길과 바람의 움직임에 연동하는 "삼나무 떼"는 "한때"의 화자가 지녔을 떠남에 대한 열망과 갈등을 상징하는 것이다.(「삼나무 떼」의 화자가 지닌 내면적 웅성거림이 자연스럽게 길로 이어지면, 「겨울 부석사」, 「죽령 터널을 지나며」, 「연막에 홀리다」 등의 작품들처럼 길의 이미지, 행려의 상상력이 시의 중심을 이루기도 한다.)

이런 표면과 내면의 갈등은 시간의 흐름에 따라 마모된다. 「삼나무 떼」의 전반부가 떠나는 것과 머무는 것 사이에서 어수선하게 진동하고 있다면, 후반부는 바람이 다 불고난 후 삼나무의 "머리채"가 가라앉듯 차분해진다. "다리쉼"을 하는 "길"에게 "말없이" 그늘을 내려주는 "삼나무 떼"의 모습은 너그럽고 평온한 모성적 심상을 체현하고 있다. 이런 삼나무의 모습은 갈등을 스스로 갈무리하고 평정을 회복한 화자의 내면을 상징한다. 흘러가는 것이 삶의 형식이라 해도, "떼를 지어 막아도 잡을 수 없는 것"이 있다 해도, 그것이 생을 완성하는 유일한 방식이 아님을 깨달은 것이다.

「삼나무 떼」는, '한때'의 기억이 회상을 통해 새로운 질서와 의미를 부여받고 은폐된 내면의 상처와 갈등이 소산되는 과정을 함축하고 있다. 「주먹만한 구멍 한 개」, 「빨간 석유곤로에 관한 기억」, 「탱자」, 「사라진 입들」 등은 기억의 내밀한 풍경을 촘촘하게 그려내고 있는 바, 이 작품들 역시 내면의 상처가 언어적 재구성을 통해 치유되는 과정을 보여주고 있다.

「오래 전, 고래 한 마리가」나 「산낙지」는 죽어가는 생명을 통해 현실세계의 비정함을 드러낸다는 점에서 앞의 작품들과 다른 경향을 보인다. 이영옥의 시에서 현실적 삶의 비극성은 곧잘 뭍에 오른 바다생물의 이미지를 통해 표현된다. 시인에게 바다는 생명과 모성의 근원 공간이고 육지는 현실의 공간이다. 뭍에 오른 바다는 곧바로 그 유연함과 습기를 잃고 뻣뻣하게 말라간다. 현실의 시간 속에서 생명이 녹슬고 소진되듯이, 물 밖으로 끌려나온 바다는 서서히 죽어갈 수밖에 없다. 시인은 그런 모습을 통해 현실세계의 비극성을 드러내고자 한다.

「상어」는 지하를 떠도는 "상어"를 통해 현실의 단면을 포착하고 거기에 내재하는 비정한 삶의 본질을 드러낸다. 뭍으로 떠밀려온 "상어"는, 뭍에 오른 '고래'나 식탁에 오른 '산낙지'처럼 비극적인 상황에 처한다. 날카로운 이빨과 지느러미 대신 달변의 혀와 다리를 가지게 된 육지의 "상어"는, 끊임없이 떠들어야 하고 쉼 없이 걸어야만 한다. 시인은 생계를 위해 지하철을 돌아다니며 물건을 파는 행상을 "부레"가 없는 상어에 비유한다. 부레가 없기에 가라앉지 않으려면 끊임없이 헤엄을 쳐야하는 상어처럼, 행상은 살기 위해 끊임없이 지하철을 옮겨 다니며 물건을 팔아야 한다. "사내"와 "상어"가 겹쳐지듯, "사내"를 찬찬히 살피는 시인의 관찰자적 시선에는 뭍으로 떠밀려온 "상어"를 바라보는 듯한 연민의 시선이 겹쳐진다. 이런 연민의 시선은 비정한 현실의 모진 삶을 부드럽게 한다. 현실의 시적 포착이 현실을 비극성을 완화한다는 점에서, 「상어」는 기억과 상처를 치유하는 시편들과 동일한 시적 방법의 소산이라 할 수 있다. 이런 특성은 궁극적으로 이영옥의 시들이 본래적 의미의 서정성에 맞닿아 있음을 의미한다.

3.

이영옥의 시가 기억과 상처를 언어화하는 치유의 서정을 시적 근원으로 한다면, 이정민의 시는 부박한 욕망과 무미건조한 일상을 발견하는 데서 출발한다. 생생한 삶에의 갈망은 그것을 허여하지 않는 실존적 상황에 대한 반성적 의식을 작동하게 한다. 이정민의 시에서 일상은, 손쉬운 기쁨으로 채워져 있고(「고양이」) 지나치게 생활적(「돼지」)이거나 지나치게 탐욕스러우며(「무서운 식사」) 내려가기 위해 올라가는 "리프트"(「徒勞」)처럼 허망하기도 하다. 이런 일상의 삶은 존재를 고양시키지 못한다. 일상에 대한 불만과 일상 너머에 대한 열망은 일상에 정주할 수밖에 없는 존재 조건과 갈등하게 되는데(「물푸레나무에 모가지를 걸다」), 이정민의 시는 일상 밖을 지향하기 위해 일상에서 발을 떼지 않는 독특한 시적 태도를 보인다.

일상의 양상과 불만을 다루는 이정민의 시에는 자주 수상한 동물들이 등장한다. 불길한 '고양이'(「고양이」)는 화자의 주변을 맴돌고, 불시에 '배암'(「물푸레나무에 모가지를 걸다」)은 화자의 곁을 스쳐 지나간다. 이들은 일상의 규칙과 욕망에 이질적이기 때문에 위험하다. 시인은 낯설고 불온한 동물들을 매개로 쉽고 편안한, 그렇지만 무미건조한 일상적 삶을 재발견한다. 「뻐꾸기 울음」에서 "과거로 우거진 숲" 혹은 "순간의 광휘"에 사로잡힌 "우리"에게 "뻐꾸기"는 이질적인 존재이다. "뻐꾸기"의 울음소리는 "우리"를 지배하는 일상의 가벼운 욕망과 무의미한 시간을 질책한다. 새이면서 시계인 "뻐꾸기"의 "알"은 '알'이면서 '시간'이다. '알'을 잃어버린 뻐꾸기의 울음은 찰나적 쾌락과 그 경솔함에 대한 회한이자 경고의 의미를 담고 있다. 또한 "시간의 숲"에서 우는 뻐꾸기의 울음은 시간의 헛된 소진을 반성하게 한다. "째깍째깍" 흘러가는 시계의 분절음은 일상적 시간, 기계적 시간을 의미한다. 기계적 시간은 일상을 규율하고 통제하며 생의 충만한 지속을 방해한다. 그런데 시인은 시계소리를 통해 불모의 시간을 환기한다. 기계적 시간을 알려주는 시계소리를 통해 기계적 시간을 반성하게 한다는 점에서 "뻐꾸기"의 울음소리는 전복의 복화술이다.

이정민의 시는 일상의 지리멸렬함을 문제시하면서도 '토끼'를 쫓아 '이상한 나라'로 넘어가지 않는다. 「고양이」, 「물푸레나무에 모가지를 걸다」, 「붉은 만월의 밤」 등의 작품에서 다소 몽환적인 분위기가 채용되고 있지만, 탈일상의 욕망이 환상으로 치환되지는 않는다. 낯선 세계로의 월경을 통해서만 일상이 전복되는 것은 아닐 터, 이정민은 자성적 어조로 일상의 문제를 파고듦으로써 자신의 시적 윤리를 모색하고자 한다. 그 윤리란 일상의 도덕률이 아니라 시인 자신이 회의와 부정을 통해 생성해가는 가치체계 혹은 의식의 지향점일 것이다.

「부레나무」에서 "부레"는 시대와 역사의 격랑을 헤쳐 온 아버지의 삶을 상징한다. "부레"는 아버지가 떠나온 고향의 "포도"를 연상케 하고, 나아가 아버지의 영적 휴식과 삶의 궁극적인 결실을 의미하는 "부레나무"로 연결된다. "아버지"는 늙고 지쳐 이제 돌아가 쉴 한 뼘의 땅을 걱정한다. 화자는 "수목장"에 대한 아버지의 관심으로부터 고향의 "포도나무 그늘"을 읽어낸다. 돌아가야 할 곳에 대한 아버지의 염려를 떠나온 곳에 대한 그리움으로 번역하는 화자의 직관은, 아버지에 대한 애정과 연민 때문이기도 하지만, 화자가 지닌 삶과 세상에 대한 이해가 깊어진 것에서 기인한다. 비록 분단-월남-실향으로 이어지는 험난한 시대와 아버지의 고된 삶을 다루고 있지만, 이 시는 결코 불행한 시는 아니다. 시적 교감의 가능성이 열려 있기 때문이다. (2연에서 "아버지"를 기꺼이 "아빠"라 부르는 화자의 '예의' 역시 이런 교감의 산물일 것이다.) 그리고 아버지의 신산한 삶으로부터 "부레나무"를 떠올리는 따스한 시적 상상력의 근원은 아버지의 삶을 이해하고 끌어안으려는 태도, 시인의 자기 윤리로부터 비롯된다고 할 것이다.

4.

앞의 두 시인이 서정성의 근원으로 침잠하여 나름의 시세계를 모색하고 있다면, 조유인은 삶의 진실을 차근차근 더듬어 감으로써 새로운 시세계를 구축하고자 한다. 조유인의 「꿈을 먹고 살아요」에서 '꿈을 먹고 살아요'라는 제목은 '꿈을 잘못 먹으면 죽는다'는 역설적 진실에 도달함으로써 배반당한다. 화자는 암탉이 죽자 그 원인을 추적한다. 죽은 암탉을 발견하고 부검에 이르는 과정 내내, 화자는 실증적이고 분석적인 시선을 가장한다. 객관적 자료와 증거를 근거로 한 추리의 과정을 보고하듯 기술하고, "사망추정시각", "사체", "외상", "진술", "사인", "부검", "정황", "증거" 등의 용어를 사용해 실제 수사 현장과 같은 분위기를 연출한다. 그러나 이런 시선과 태도에서 느껴지는 과장된 진지함은 오히려 이시의 화자가 탐정놀이를 하고 있다는 인상을 갖게 한다.

이런 시선과 어투는 마지막 연의 "오래 이루지 못한 꿈은 끝내 독이 되고야 만다"는 진술에 이르러 급반전된다. 삽화의 실증적이고 분석적인태도는 일반적이고 추상적인 진술로 변화한다. 경쾌한 어투는 마지막연이 내포하는 진실의 엄중함 앞에서 민망해진다. 표현 층위의 충돌은, '꿈을 먹고 산다'는 의미가 '꿈은 독이다'라는 의미로 역전되는 것과 호응한다. 그러나 '꿈이 독이 된다'는 진술에 도달하면서 암탉의 죽음을 다룬삽화의 존재감은 사라진다. 암탉의 사인에 대한 보고이면서 동시에 전복의 진리이기도 해야 하는 마지막 연은, 지나치게 추상적이고 일반적

인 의미로 확산되어 버린다. 암탉이 죽은 사건도, 죽은 암탉의 꿈도 중
발하면서 삽화 자체의 무게가 가벼워진다. 이런 형식이 지닌 위험은 자
명하다. 삽화의 구체성이 약화되거나 의미와의 정합성이 떨어진다면 시
전체의 유기적 연관성이 느슨해질 것이다. 또한 의미가 지나치게 일반
적이고 소박해지면 삽화의 표면에만 고착되어 오히려 그 의미를 상실할
수도 있다. 「꿈을 먹고 살아요」는 그런 아슬아슬함에 스스로를 노출시키
고 있다는 점에서 실험적이라는 느낌을 갖게 한다.

　「기둥」도 「꿈을 먹고 살아요」와 유사한 형식과 방법을 지닌다. 「꿈을
먹고 살아요」에서 그 제목이 반어로 밝혀지듯이, 「기둥」에서는 무엇인가
를 지탱해야 하는 기둥이 사실은 무너질 운명임을 드러내는 데 시적 초
점이 모아진다. 「기둥」은 조카의 고장난 장난감 총을 시적 계기로 한다.
고사리 같은 손이 만지는 것마다 고장을 낸다. 그것은 참으로 신기한 일
이지만, 화자는 자신의 유년을 생각하면서 그것이 신기하기보다는 가슴
아픈 일임을 깨닫는다. 무엇이든 고장내는 아이의 신비한 능력이 발현
되는 곳은 바로 "부모님의 억장"이라는 점에서 그러하다. 화자는 자식을
위해 수없이 무너지고 갈라져야 했을 부모의 마음을 떠올리며 한 세대
가 성장하는 것이 얼마나 눈물겨운 일인가를 생각한다. 그것은 단단하
고 믿음직한 것이 무너질 때의 처연함을 동반한다. 화자는 기둥이 무너
지고 새로운 세대가 열리는 비밀을 "눈물겹다"고 표현한다.

　조유인의 「꿈을 먹고 살아요」와 「기둥」은 독특한 어조로 일상의 삽화
들과 삶의 진리를 엮어내고 있다. 기발한 발상과 잘 짜인 시적 구조를 보

여줬던「금관」의 세계와는 상이한 이런 방법들은, 시인이 새로운 발성법을 모색하고 있다는 추측을 하게 한다. 다시금 '금관'의 세계를 깨고 나오는 아름다운 소리가 궁금해진다.

5.

시적 언어의 재구성을 통해 치유의 시학을 보여주는 이영옥의 시와 일상과의 부딪힘을 통해 끊임없이 자기 윤리를 모색하는 이정민의 시, 그리고 삶의 진실을 새로운 형식과 어법으로 포착하고자 하는 조유인의 시는, 각기 상이한 개성을 보여주지만 본래적 의미의 서정성에 뿌리는 두고 있는 듯하다. 그리고 그 서정성이 발현되는 방식에서도 최근의 '새로움'의 경향들로부터는 비켜서 있는 것으로 보인다.

우리는 새로움이 과잉인 시대를 살아간다. 삶의 속도 역시 어느새 우리를 추월해간다. 어느 순간 우리는 더 이상 새롭지 않게 된다. 어떤 새로움은 희열이 아니라 고통이 되기도 한다. 이제 중요한 것은 새로움 자체가 새로움의 내용이다. 새로움이 지향하는 가치와 의미에 대한 성찰이 필요한 시기이다. 세 시인의 새로운 작업과 모색이 기쁘고, 반갑고, 눈부신 모습으로 피어오르기를 기대해 본다.

'그늘'이 현상하는 세 가지 풍경

1. 죽음의 그늘과 부활의 만가

이영광의 거의 모든 작품에서 '없다', '못하다' 혹은 '아니다'를 포함한 구문이 발견된다는 점은 흥미롭다. 불능 혹은 부재의 의미를 내포하는 문장들은 인식의 저변에 부정과 회의가 깔려 있음을 암시한다. 가령, 「경계」에서 시적 화자는 황새가 외발로 서 있는 까닭을 "한 발 마저 디딜 곳"을 찾지 못했거나 "진흙 세상"에 두 발을 다 담글 수 없기 때문일 것이라 추측한다. 디딜 곳이 '없다'나 차마 발 디디지 '못하다'로 환원 가능한 문장들은 화자의 비관적인 세계관을 떠올리게 한다. 즉물적인 풍경에서 결핍과 부재를 발견하는 것은 인식의 과정에 시인의 근원적인 불신과 회의가 작용하기 때문일 것이다. "몸은 내가 아니라"(「흉터」)나 "몸은 제 몸을 껴안을 수 없다"(「몸」)처럼, 자기 동일성의 부정 역시 마찬가지이다. 자기 그림자에 들어가 쉴 수 없듯이 대상화된 육체는 자아의 그늘 혹은 안식처가 될 수 없다. '없다' 혹은 '아니다'로 발현되는 의심과 회의는 의식의 각성을 가져오고 각성된 의식은 대상을 전혀 새로운 것으로 조망한다.

이런 부정과 회의는 대상의 실체를 낯설고 새롭게 드러낸다. 『그늘과 사귀다』를 압도하는 죽음은 단절과 소멸의 심연이며 동시에 재생과 부활의 과정이기도 하다. 그늘이 빛의 한 형식이듯, 죽음은 삶의 한 형식이며 삶은 죽음의 과정이기도 하다. 그러므로 죽음은 삶의 한복판에서 완성된다. "죽음"은 "백주 대낮의 백주 대낮 같은/번뜩이는 그늘"(「떵떵거리는」)로 현상하며, "상여"는 집이 되고 그 집은 다시 길 위로 떠간다. 역설은 표현의 층위를 뛰어넘어 인식의 층위에서 죽음의 의미를 전복한다. "제상"은 죽은 자의 "돌상"(「음복」)이 되고 망자는 무덤에서 "회복 중"(「성묘」)이다. 죽음의 비극적인 무게가 "金剛 로켓"(「나무 金剛 로켓」)에 의해 공중으로 휘발될 때, 죽음을 기리는 의식은 치유와 부활의 절차가 된다.

죽음은 생전에 시도조차 못했던 대상과의 화해를 극적으로 가능케 하기도 한다. 오래도록 길을 떠돌던 형의 죽음을 다룬 「길의 장례」는, 죽음을 담담히 기록하면서도 망자에 대한 연민과 슬픔을 담아낸다. 특히 이 시의 마지막 부분인 "그 옛날 그가 나에게 물려주었던/왕자 화판만한 쪽창 하나를 이쪽으로 열어두고"에서, 형이 물려준 "화판"과 화장장의 "쪽창"이 겹쳐지는 대목은 형제간의 아련한 추억과 혈족을 잃은 슬픔을 절묘하게 아우른다. 망자는 유리창을 "이쪽으로 열어두고", 산 자는 마지막 순간을 정지화면으로 영원히 기억할 것이다. 기억은 일방적이나마 죽음과의 화해를 가능케 한다. 속수무책인 죽음 앞에서 산 자가 "잘 하는 것"은 "죽은 자를 영원히 잊지 못하는 것"(「호두나무 아래의 관찰」)이다.

기억은 산 자에 의지해 죽음이 사는(生) 형식이며, 시는 "오래된 그늘" 아래에 그 기억을 새기는 일이다. 이영광의 견고한 시적 성찰은 있음과 없음, 집과 길의 구별을 가로지르며 삶과 죽음의 경계를 허무는 부정과 역설의 수사로 발화된다. 「詩는」은 이런 시쓰기에 대한 자기 성찰이다. "나는 멀리 나갔다 왔다/더 멀리,/들어갔다 나왔다"(「詩는」)에서, 유사한 구문의 반복은 의미의 번복이 되고 안과 밖은 겹쳐진다. 시적 경험은 일상적 감각의 마비이거나 새로운 각성일 것이다. "멀리"로부터 "더 멀리"로, 안에서 밖으로, 그 밖이 다시 안으로 교차되며, 형언하기 어려운 시적 경험은 간명하게 포착된다. 그러므로 이영광에게 시는 "어디에도 닿을 수 없는데 멈추지 못하는 길"(「詩는」)과 같다. 시는 영원한 떠돎의 형식이라는 전언과 함께 닿음과 멈춤에 대한 부정의 태도가 엿보인다. 닿을 수 없다면 멈추는 것이 현명하지만, 멈추지 못하는 것은 닿을 곳이 없기 때문만은 아니다. 닿을 수 없고 멈출 수 없으므로 "더 멀리" 가야하는 것, 그 유현한 넓이와 깊이로의 침잠이 시라는 것이다. 스스로에게 안착과 휴식을 허여하지 않는 이 가파른 정신의 유랑은 계속 지켜볼 만한 일이다.

2. 내면의 그늘과 서정의 기율

「시(詩)」에서 "그 옛날 외할머니는 어둑한 방 안에 드는 봄볕도/적당히 방문을 닫아 마당의 꽃들에게 나누어주셨는데"라고 할 때, 시는 "외할머니"의 마음처럼 사소한 것에 대한 작은 배려일 것이다. 여기서 눈에 띄는 시어는 "적당히"라는 부사어이다. "적당히"는 넘치지도 모자라지도 않은, 일정하지 않고 계량할 수도 없지만 늘 알맞은, 신기한 단어이다. 이런 "적당히"는 지식과 이성의 영역이 아니라 지혜나 감성의 일이라는 점에서 시적인 것에 닿아 있다. 심재휘의 첫 시집『적당히 쓸쓸하게 바람 부는』(문학세계사, 2002)에서 이미 내비쳤듯이, "적당히"는 "쓸쓸하게"와 함께 심재휘의 서정성을 특징짓는 단어라 할 수 있다. "적당히"가 절제의 미학과 서정의 기율을 함축한다면, "쓸쓸하게"는 시적 인식의 내용과 정조를 포괄하는 단어이다. 적당한 쓸쓸함은 격한 슬픔이나 지독한 외로움이 아니어서, 알맞게 조율된 감정의 상태는 심재휘의 섬세한 언어적 감수성에 의해 단아한 풍경으로 인화되곤 한다. 심재휘의 두 번째 시집『그늘』은 이런 적당히 쓸쓸한 시적 분위기를 바탕으로, 사라져가는 시간의 흔적과 고독한 자아의 내면을 아름답게 묘사하고 있다.

시집『그늘』에서 가장 눈에 띄는 것은 오래된 이름들이다. "우미당" "향미루" "덕성장" "버드나무 솜틀집"이나 "전현우" "옥순이" "종필이" "춘자"는, "높은 곳" 혹은 그리운 곳을 지칭하는 고유명사들이다. 이 오래된 이름들의 사진첩을 펼쳤을 때 흘러나오는 달콤함과 향긋한 냄새, 김이 모락모락 피어오르는 골목의 풍경은 그 자체로 그립고 아름답다. 그 시절 시인은 어렸고 아버지는 젊었으며 가족들은 행복했다. 그러나 기억에 한계가 있듯이 펼쳐볼 추억에도 한계가 있기 마련이다. 낭만적 회귀의 소실점은 현실의 시간이기에 추억의 끝은 항상 쓸쓸하다. 추억의 풍경에 깔린 쓸쓸함은 막막한 현실의 시간에서 비롯된다. "세상에서 가장 향긋한 아침의 문은 더 이상 열리지"(「그 빵집 우미당」) 않으며, "향미루"가 있던 자리가 "막힌 벽"(「향미루」)으로 변했듯이, 지금 여기의 시간은 닫혀 있는 것이다.

현실의 시인은 「그리운 골목」에서처럼 "넓은 곳"에서 "다른 넓은 곳"으로 건너가야 하는 상황에 놓여 있다. 넓은 곳에 자리할 때의 불안 혹은 공포는 골목의 안온함과 대비된다. 점점 사라져 가는 '골목'의 경험은 '대로'의 경험과 구별된다. 대도시의 '대로'는 불편하고 위험하다. "강남대로"의 "횡단보도"에서 시인은 결코 느긋해질 수 없으며, 그 "보도"의 중간에 서서 "어둡고 무거워져/무서워져 자꾸 돌아보고"(「횡단보도」) 싶어한다. 너무 넓어 불안하고 조급해지는 '대로'와 달리, 좁고 굽은 '골목'은 모퉁이마다 은밀한 공간과 기억을 감추고 있다. "나를 아주 멀리 데려가 줄 것만 같은"(「그리운 골목」) '골목'의 "비밀의 문"은 현실의 미로를 벗어나는 비상구이자 현실 너머의 시간으로 열린 탈출구라 할 수 있다. 이런 점에서 유년의 풍경은 '골목'의 경험이며 불모의 현실로부터 떠올린 회귀의 시공간이라 할 수 있다.

유년의 기억을 재현한다는 점에서 심재휘의 시는 백석의 고향 시편과 유사하다. 그러나 보다 근원적인 유사성은, 풍경과 그 풍경을 구성하는 방식에서가 아니라 백석이 지녔던 고독한 영혼과 심재휘의 그것이 닮았다는 데서 찾아야 할 것이다. 풍경의 이편에 자리하는 심재휘의 시적 화자는 백석의 유랑 시편들에 등장하는 외롭고 쓸쓸한 화자와 닮았다. 심재휘 시의 화자는 "젊어질 수도 늙을 수도 없는 나이 마흔 살"(「그 빵집 우미당」)이며, "지독한 어둠 속에"(「지독한 어둠」) 홀로 서 있다. 심재휘의 시가 봄날 저녁 불현듯 찾아오는 잔잔한 쓸쓸함을 정서적 배음(背音)으로 한다고 할 때, 그 쓸쓸함은 고독한 자아의 내면과 연계된 것일 수밖에 없다.

백석의 고독이 그러했듯이, 심재휘의 고독 역시 근원적인 조건이다. 가령 "끝" 너머에 자리하는 "다가갈 수 없는 내 마음의 오지"(「마지막 오지」)를 설정하는 순간, 무엇으로도 위로할 수 없는 고독의 구조가 발생하는 것이다. 그것은 어떤 결핍에 의한 것이 아니므로 근본적인 치유가 불가능하다. 「그늘」에서 "바다 속의 넓은 고독"이 "물빛을 닮은 그늘"로 현상하는 것처럼, '그늘'은 마음의 그늘이며 고독의 구체적인 형상이라 할 수 있다. 그러므로 심재휘의 시에서 '그늘'은 어떤 것의 그림자가 아니라, 내 안의 빛으로부터 발생하는 것이다.

『그늘』에서 항상 부재하는 "늘 그리운 사람"(「그늘」)은 그리움의 형식이지 구체적인 사람이 아닐 것이다. 그것은 고독이라는 구조가 만들어낸 그리움의 이미지이다. "늘 그리운 사람"은 "한 때의 사랑"(「슬픈 박모」)이거나 "당신"(「다시 첫사랑에 관하여」)이며 "그 사람"(「안국동 검은 출구」)일 것이다. 각기 다른 그들은 여럿이지만 그리움의 형식이 불러냈다는 점에서 결국은 하나이다. 심재휘에게 시는 이런 근원적 고독에서 기원하는 것이지만, 외로운 자아를 위로하는 행위이기도 하다. 「꽃지는 저녁」에서 "북향의 방"은 시인의 마음일 터, 그늘진 마음을 위로하듯 난로를 닦아주는 행위는 시쓰기를 상징한다. 찬찬히 난로를 닦는 화자의 손길에서 "적당히" 문을 열어 온기를 나누는 "외할머니"의 마음이 발견되기도 한다. 이런 조응은 여전히 아름답다.

3. 생활의 그늘과 가벼움의 미학

최근까지 생활과 자연의 길항관계에 주목해 오던 이재무의 시세계는
『저녁 6시』에 이르러 완연히 생활세계에 침잠하는 경향을 보인다. 생활
은 체제와 질서에 대한 순응을 의미하며, 이재무가 포착한 일상의 본질
은 자본주의적 가치와 규범이 작동하는 후기 산업사회이다. 일상은 "묶
인 일에서 풀려날까 전전긍긍"(「날카로운 각」)하며 살아야 하는 것이며,
쓰러지지 않기 위해 끊임없이 채찍을 맞는 "팽이"(「팽이」)의 궤적과 같은
것이다. 이런 생활의 문법에 반하는 방랑과 유목의 상상력은 시인의 생
래적인 기질에서 비롯되는 듯하다. 시인은 감각과 경험의 차원에서 "무
용한 놀이"(「얼음꽃」)에 매료되거나 "소꿉장난 같은 살림"(「좋겠다, 마량
에 가면」)을 꿈꾼다. "놀이"나 "소꿉장난"은 "무용"한 행위이다. 효용성이
없으며 교환을 염두에 두지 않는 이러한 비경제적인 행위는, 자본주의
일상으로부터의 일탈이자 현실 논리의 위반이라는 의미를 지닌다.

생활의 본질과 일탈의 열망은 '개'와 '늑대'의 대비적 이미지로 축약된
다. 이재무에게 자본주의 일상을 산다는 것은 "제도의 줄"에 묶여 "정해
진 일과의 트랙"(「울음이 없는 개」)을 벗어나지 못함을 의미한다. "울음
이 없는 개"(「울음이 없는 개」)가 삶의 의지와 본능을 억압당한 채 체제
에 적응해 살아가는 왜소한 현대인을 상징한다면, 겨울 들판을 질주하
는 "푸른 늑대"(「푸른 늑대를 찾아서」)는 자본주의 일상으로부터의 과감
한 일탈을 상징한다. 일상의 우울과 초조, 울분을 벗고 광활한 들판을 질

주하는 상상력의 대척점에는 생활 자체를 완전히 벗어날 수 없다는 실존적 고민이 자리하기도 한다. 시인은 일상의 무미건조함을 비판하면서도, 삶을 영위해가야 하는 생의 엄숙한 진실 앞에서 숙연해지곤 한다. "지하의 시간"혹은 "요철의 시간"을 견디며 자란 "감자"(「감자알」)를 먹으며 "문득 서럽고 경건"해지는 것은 그 견딤의 무게를 감지했기 때문이다. 이것은 "자유 없는 비참과 양식 없는 고통"을 "흔한 인습의 저울추로 잴 수 없다"(「어린 새의 죽음」)는 시적 진술과 상통하는 것이다. 생활과 자유의지 사이의 갈등은 이즈음 이재무 시의 실존적 고민인 듯하다.

이런 갈등의 상황에서 가벼움 혹은 부드러움은 그 자체로 신선하게 다가온다. 수면에 배를 대었다 떼며 날아가는 돌의 날렵함이나(「물수제비」) "각진 표정"을 풀고 "척척 늘어져 낭창낭창한" 국수(「국수」) 혹은 "젖어 무거운 생을 가볍게 업고 가는 소리"(「소리에 업히다」)는 현실의 무게와 대비되는 표상들이다. 이런 가벼움과 부드러움은 현실적 삶에서 과잉을 덜어낼 때 발생한다. 일상적 현실은 구두나 발에 달라붙는 진흙과 "체중보다 웃돌았던 생활의 등짐"(「슬픔은 늙지 않는다」)처럼 무거운 것으로 상징된다. 이런 일상의 무게는 과잉에서 비롯된다. 자본주의는 욕망의 확대재생산을 근본 동력으로 하며 이는 생산과 소비의 무한증식으로 구조화된다. 「저녁 6시」에서 냄새의 홍수는 욕망의 과잉이 만들어낸 부산물이며 냄새가 숲을 이루는 거리는 고통스러운 감옥이 된다. 현대 소비사회의 특징이라고 할 수 있는 언어와 이미지의 범람, 소음과 같은 감각의 과잉 역시 그 자체로 고통스런 환경을 양산한다.

그 과잉을 덜어내는 것, 과잉을 유발하는 욕망의 부피를 줄이는 것에서 가벼움은 생성된다. 「신발을 잃다」에서 가벼움은 새 신을 잃고 헌 신을 얻어 신었을 때 발생한다. 비록 낡았지만 신과 발이 조화를 이룰 때 "신발"이 된다는 상식적인 진술은 새삼스럽게 다가온다. 새 것의 반짝이는 표면에 매료되는 순간, 사물의 본래적인 가치나 기능이 무시되기 마련이다. 진정한 가벼움은 생활의 무게로부터 발견되며 이런 가벼움의 발견은 시에 대한 반성으로 이어지기도 한다. "지나친" "분식" "집착" "연민"(「부드러운 복수」)에 대한 반성은 "수위 넘은 말의 홍수"(「시」)에 대한 반성과 연결된다. 이런 시적 과잉은 "너무 많은 말들을 품고 있으나 수척해진/겨울숲의 검은 침묵"(「겨울숲에서」)과 대비된다.

그러므로 「웃음의 시간을 엿보다」에서 "꽃"으로 비유된 "서산마애석불"의 "웃음"은 의미심장한 상징이다. 그 웃음은 "생활의 독"을 녹이는 치유의 힘을 지닌다. 그런데 화자는 그 "꽃"을 낳은 이 역시 "설움"과 "미움" 속에서 살았을 것이라고 추측한다. 여기서 "설움"과 "미움"을 "꽃"으로 변용하는 것이 예술의 힘이며, 왜 시가 삶에 대한 "부드러운 복수"여야 하는지가 드러난다. 그것은 "감나무 그림자"(「쓴다」)의 "한 획 한 획"으로부터 "쓴다"는 것의 의미를 새롭게 깨닫는 것과 같다. 넉넉한 감나무 그림자에서 새로운 필체를 발견한 시인이 다시금 써내려갈 시의 문체를 상상해본다.

감각의 순례자들과 서정의 나침반

1. 달의 길과 순례자의 노래

『달을 따라 걷다』를 소실점으로 놓고 김수복이 발표한 아홉 권의 시집을 배열하면, 30여 년의 시적 여정이 어렴풋하게 그려지기도 한다. 『지리산 타령』의 열정과 방황이 슬픔(『낮에 나온 반달』)과 부끄러움(『새를 기다리며』)을 거쳐 사라져가는 것에 대한 쓸쓸함(『사라진 폭포』)으로 변주되었다면, 『달을 따라 걷다』는 전작 『우물의 눈동자』에서와 마찬가지로 시인의 관심이 감정이나 욕망이 소거된 순수 이념과 정신의 세계로 옮아가고 있음을 보여준다. 이런 변화가 시적 순례라 한다면, 다층적인 의미구조로서의 "몸"은 중요한 의미의 결절점이라 할 수 있다.

"몸"은 인간 주체를 정신이 아닌 감각과 욕망으로 정의할 때 발견된 것이며, 우주와 연동하는 울림통 혹은 개별자와 전체를 연결하는 매개체를 표상하기도 한다. "몸"은 "몸이 더욱 가라앉는 저녁"(「달을 따라 걷다」)에서처럼 육체적 실존을 지칭하거나, "몸속의 하늘"(「붉은 평화」)이나 달이 떠오르는 "둥근 몸속"(「달의 귀」)에서처럼 하나의 생명으로서의 지구 혹은 바다와 산을 의미하기도 한다. 그러므로 그의 시에서 '몸속'은

'몸'의 심화이자 '몸'의 확산이다. '몸속'은 심층이자 본질을 상징하며, '몸'의 바깥은 더 큰 '몸'의 내부이기도 하다. '속'은 겉/속의 이분법적 의미구조에서 겉으로 현상하지 않는 본질이 자리하는 곳이다. 김수복의 시에서 '속'은 "몸속의 하늘"(「붉은 평화」)처럼 겉을 포함한 전체로서의 하나를 표상한다. 혹은 "몸속" "가슴속" "숲속"처럼 내밀한 공간이며 대상의 본질이 깃들인 장소이기도 하다. 그러므로 '속'에 대한 관조 혹은 '들어가다'라는 동사는 근원에 대한 사유를 내포한다. 그것은 내면 혹은 본질로의 침잠을 의미하며, 「우물의 눈동자」가 보여준 깊이와 높이의 황홀한 조응은 이런 '속'으로의 침잠을 통해 가능해진다. 속'으로의 침잠이라는 의미구조는 일시적이고 감각적인 표면으로부터 보편적이고 추상적인 안으로의 초월적 비약을 함축하는 것이다.

허공을 주시하고 침묵에 귀를 기울이는 것이란 결국 내면을 성찰하는 것에 다름 아니듯, '속'으로의 지향은 자기성찰과 구도를 내포하는 것이다. 이런 성찰이 직접적인 자아 응시로 나타나는 작품이 「겨울 숲」이다. 「가을 산을 넘다」(『사라진 폭포』)에서 "가을 산"에 비유됐던 시인의 몸은 이제 "겨울 숲"으로 비유된다. 세월의 흐름이 반영된 것이기도 하지만 무엇보다 자의식의 변모가 드러난다는 점이 흥미롭다. 「겨울 숲」에서 화자는, "살"과 "잎"은 물론 "내 몸속에 머물던 모든 것을 떠나보내고 텅 빈 몸속의 우물" 같은 자아를 응시한다. 육체와 욕망은 물론 기억조차 소진된 "텅 빈 몸"의 자아는 "누군가 나를 내려다보고 있다"는 시선에 의해 빛의 형식으로 현상한다. 적막과 빛으로 재구성된 자아는 「가을 산을 넘

다」의 감각적이고 감성적인 자아와는 현격한 차이를 보인다. 이런 변화
는 김수복의 시세계가 정신과 이념의 차원으로 옮아가고 있음을 단적으
로 보여주는 것이라 할 수 있다.

「겨울 숲」에서 시선으로 현현하는 "누군가"는 절대적 존재를 상징한
다. 이 타자는 「바위」의 "바위", 「오솔길」의 "山", 「罪人」과 「사람의 숲속에
서 있는 사람」의 "사람", 「나무는 바람이 그리워서 제 몸을 흔드는 게 아
니다」의 "나무", 「가을 저수지」의 "저수지" 등으로 변주되는 초월적 존재
이다. 그들은 자연 혹은 사람이지만 관념적이고 보편적인 원리로 환원
된다. 이 초월적인 존재들은 시인이 추구하는 이념과 정신적 가치들을
상징하며 나아가 시적 자아와 내적 조응관계를 형성한다. 김수복의 시
에서 이런 초월적 존재들을 포괄하는 이미지는 "달"이다. "달"은 하나이
면서 모든 것인 초월적 존재라는 점에서 고정된 좌표를 갖지 않는다. 김
수복의 시에서 "달"은, 황폐한 현실을 응시하던 초췌한 "낮달"(『낮에 나
온 반달』)로부터 생명과 죽음의 상징, 혹은 찰나와 영원의 표지로 확장
되어 왔다. 그것은 궁극적으로 시공을 초월해 삶을 관조하는 정신적 존
재를 표상하게 된다.

그러므로 "달을 따라 걷다"는 본원적 사유로의 시적 순례를 의미한다.
"달"을 따라 걷는 것은, "달"의 걸음걸이로 걷는 것이면서 달의 길을 따르
는 것이다. "길을 놓치고 막 떠오른 달을 따라 걸었다"(「달의 눈빛·1」)가
유년의 원체험이라면, "석 달 동안 걸었다/해 돋는 데서 해 지는 데까지/
눈물에서 눈물까지/꽃이 피었다 진/자리까지"(「침묵」)는 깨달음을 향한

순례이자 시적 사유의 여정을 나타낸다. 출발점으로서의 "눈물"과 도착
점으로서의 "눈물"은 동일한 기표의 반복이지만, 그 기의는 개화와 낙화
혹은 일출과 일몰만큼 아득한 간격을 지닌다. 그 거리가 순례의 완성일
터, "멀리 떠오르는 달 속 길들이 몸"(「7번국도」)을 일으키면 시인의 순
례는 다시 이어질 것이다.

2. 그리움이 복원하는 풍경

  김수복의 시가 표면의 감각을 뚫고 '속'으로 침잠한다면, 이병초의 시
는 사라진 것들의 아련한 감각들을 복원하고자 한다. 『살구꽃 피고』는,
첫 시집 『밤비』에서 선보인 바 있던 "황방산" 기슭의 이야기들에 천착함
으로써 시인만의 독특한 시세계와 방법을 구축한다. 이병초가 시를 통
해 공들여 복원하는 대상은 유년의 "나"와 가족, 황방산 기슭의 사람들과
삶에 대한 기억들이다.
  그런데 이 시집에서 재현되는 고향은 풍요롭고 화평한 시·공간이 아
니다. 연작시 「황방산의 달」(『밤비』)의 가난과 허기는, 가난의 상흔을 아
픈 몸으로 간직한 "울 엄니"(「전화」, 「추석」, 「문병」)에게서 재발견된다.
한국 사회에서 농촌은 근대화의 질곡이 각인된 공간이지만, 시인은 이
런 사회문제를 첨예하게 드러내지는 않는다. 황방산 기슭을 스쳐간 현

대사의 비극적 편린들(「용천암」, 「할매」)을 들추기도 하지만, 이병초의 시적 초점은 기억의 상기 자체에 모아진다. 그의 시는, 고만고만한 이웃들의 모습(「골목」, 「둥구나무」, 「들길」)이나 유년의 화자가 바라본 고향의 서정적 풍경(「조각달」, 「달빛1」, 「달빛2」) 혹은 청년기의 방황(「봄 편지」나 「거먹둥이 술집」, 「겨울비」)에 주목한다.

이런 이병초의 시에서 유년의 물질적 빈곤을 대신하는 것은 풍요로운 감각적 경험이다. 시인은 시적 수사나 비유를 동원하지 않으면서도 경험의 직접성을 시의 문면에 고스란히 옮겨놓는다. 우리의 경험에는 항상 감각과 언어가 부착되어 있기 마련이며, 경험의 복원은 그것의 감각과 '빠롤'의 재구를 통해 이루어진다. 이병초는 황방산 기슭의 사연들을 심미적으로 가공하지 않고 날것 그대로 기록하려는 태도를 보인다. 그의 시에 나타나는 완강한 표음주의는 특정한 경험에 부착된 사투리와 비속어를 소리나는 대로 기록함으로써 경험의 직접성을 보존하려는 의도의 산물이다.

"소죽 쑤는 냄새" "들쩍지근한 외양간 냄새" "냇내" "젖은 짚 태우는 냄새" "흙먼지 냄새" "들깻내"나 "늦매미 울음소리" "유기현의 목소리" "푸드덕 튀어올라 풍덩! 물속에 대가리 처박는 가물치소리" 등처럼 시집 전편에 산재하는 후각과 청각들은 구체적인 정황이나 사물과 결합되어 나타난다. 특히 "슬근슬근" 가려운 "겨드랑이"나 "귀때기가 가렵고"에서처럼 "긁힐수록 수상한 쾌감"을 자극하는 가려움은 무의식적 욕망과 연관지어 고찰할 만한 대상이기도 하다. 감각을 구체화하는 의성어와 의 태어들의 적극적 사용 또한 이병초 시의 특징을 이룬다. "슬근슬근" "또동또동" "또록또록" "옴싹옴싹" "싹싹" "고시랑고시랑" "아찔아찔" "잘그락달그락" "싸드락싸드락" "싸목싸목" "살캉살캉" "다갈다갈" "오독오독" "살래살래" "조촘조촘" "또닥또닥" 등의 의성어와 의태어들은 특수하고 구체적인 감각을 재현하는 데 기여한다. 다채로운 감각과 그 감각의 양태를 구체화하는 부사어들은, 사투리와 질펀한 속어와 함께 경험에 독특한 의미를 부여한다. 표준어보다는 사투리를, 문어보다는 구어를 통해 일반적 경험이 아닌 구체적이고 특수한 경험을 환기하는 이병초의 탈중심적인 언어전략은, 표준화된 언어로 균질적인 감각을 생산·유통·소비하는 현대 사회의 경험 구조에 대한 미적 부정이기도 하다.

질박한 사투리와 속어로 고향을 재구성하는 시들의 근원에는 갈증같은 '그리움'이 배음으로 자리한다. 이병초의 시는 본질적으로 「황방산의 달」처럼 사라져가는 것에 대한 쓸쓸한 헌사이면서 시인의 성장과 방황의 연대기이다. 그의 시는 "사람답게 사는 세상"(「봄 편지」)에 대한 꿈이며, "된장 풀어 끓인 아욱국같이 어질고 싶었던 날들"의 기록인 것이다. 『살구꽃 피고』의 기저에는 이 소박한 "삶"에 대한 그리움이 자리한다. 이병초의 시는 내용이나 시적 방법에서 백석의 시를 떠올리게 하면서도 백석 시가 지니는 낭만적 성격과는 다른 맥락을 내포한다. 그것은 이병초의 시가 기억의 복원에 집중하면서도, "어칠비칠되비칠거리는 세상일바람과 햇살과 물떼새소리에 섞여 조각조각 파닥인다"(「잔물결들」)에서처럼 세상에 대한 촉수를 거두지 않기 때문일 것이다.

3. 온화한 서정의 완보

최근의 젊은 시들이 파격적인 비유나 격한 어조, 이미지의 충돌을 통해 선형적 의미구조를 파괴하고 서정의 문법을 전복하려는 것과 달리, 문신은 이런 유행들에서 비껴 선 채 온화하고 섬세한 시선으로 세계를 관찰하고 이를 정제된 언어로 옮기는 일에 몰두한다. 『물가죽 북』의 시편들은 시인의 혜안과 속 깊은 서정이 빚어낸 소박한 풍경화라 할 수 있다.

조촐한 듯 단아한 문신의 시는 대상에 대한 시인의 예의와 지혜에서 비롯된 것으로 보인다. 물살에 휩쓸리는 물고기를 위해 잎을 내어주는 물풀의 마음(「어린 물고기는 풀잎을 물고」)은, 전에 살던 젊은 부부가 떠날 때 손을 들어 작별인사를 하려는 마음(「도배를 하다가」)과 상통한다. 이런 마음은, 고향에서 캐온 들꽃에서 집안 어른을 떠올리거나(「문안」) 자신의 "세수법"에서 부계의 유전을 발견하는 상상의 토대가 된다. "물낯도 유전인가, 어느새 할아버지의 낯이다/아버지와 나의 낯이 한 겹 물낯에 포개지며"에서처럼, 자신의 반영과 아버지의 모습을 겹쳐보는 것은 전통에 대한 긍정이자 공경의 태도를 암시한다. 그러므로 "세수법"을 못마땅해 하는 아내에게 "이것이 내게 유전한/麗水本 水刻板 洗手法"이라고 짐짓 엄숙하게 선언하는 부분은, 부계의 전통과 가부장적 권위의 옹호라기보다는 자신 안에 자리하는 아버지의 쓸쓸한 모습을 감싸 안는 것이라 할 수 있다.

부정과 해체의 시학이 지배적인 최근의 시적 경향을 고려한다면, 전통을 긍정하는 문신의 이런 '예의바름'은 사뭇 이채롭다. 관습적 인식과 형식적 윤리는 치명적인 결함이 될 테지만, 맑은 심성에서 비롯되는 배려와 연민은 서정성을 풍요롭게 만들기도 한다. 문신의 시는 세계와 불화하거나 갈등하기보다는 화해와 공경의 자세로 대상을 살핌으로써, 대상의 의미와 본질을 새롭게 드러낸다. 이는 시적 지혜로 발현되기도 하는데,「바위를 옮기다」에서 화자는 욕망을 덜어내고 텃밭을 바위와 공유할 때 텃밭 바깥으로 바위가 스스로 옮겨감을 발견한다. 자연을 거스르지 않으려는 지혜는「바람의 무늬」나「찔레나무」에서처럼 순리에 기댄 삶으로 나타나거나,「아직 일러」나「곶감」혹은「늙어간다는 것」에서처럼 삶에 대한 따뜻한 관조로 나타나기도 한다.

　문신의 시에서 자연은 주요한 시적 대상이자 인식의 원리로 작용한다. 시인은 자연의 결이 이루는 무늬에서 어떤 문양과 삶의 흔적을 읽어낸다. 이때의 자연은 무인지경의 순수 자연이 아니라 삶과 연관된 반(半)세속에 가깝다. 그러므로 시인은 "우리 엄마"의 "눈물 두어 방울"이 섞인 "냇물"(「새물내」)처럼 "물결의 무늬"에 포개진 "눈물의 무늬"를 발견하게 되는 것이다. 문신의 시에서 자연과 삶의 자장은 다른 듯하면서도 겹쳐진다. 이런 균형감각은 섣부르게 초월하거나 현실에 매몰되지 않는 온건한 서정의 바탕이 된다.

　「뚜껑」은 시인의 소박한 시의식이 흔쾌하게 읽히는 시이다. 화자는 "소나기" "풀씨" "살별" "개망초 꽃잎" "쓸쓸한 사람들의 목소리" "흘러간 시간"들을 담아 오래 묵히고 "뚜껑"으로 그것들을 살짝 덮는다. "뚜껑"은 시를 상징할 터, 항아리 안에 들어가 오래 묵히는 것들은 문신의 시가 다루는 자연과 사람 그리고 기억들에 다름 아니다. 시 혹은 "뚜껑"은 가리거나 덮는 것이지만, 누군가 그 안이 궁금하다면 슬며시 안을 내보이는 것이다. 「뚜껑」은 완강하게 감추거나 헤프게 내비치지 않는다는 점에서 문신의 조촐한 시의식을 함축적으로 드러낸다. 이 온화한 서정의 완보는 오래 두고 지켜볼 만할 것이다.

서정적 해후와 균열의 징후

1. 사라진 것과의 아름다운 해후

시를 쓰는 행위는 '모든 사라진 것들과의 해후'라는 시인의 말처럼, 『우리 동네』는 사라졌거나 사라져가는 것들을 정갈한 언어로 채집하여 기록한다. 시인은 유년의 기억과 고향 마을은 물론 몸의 변화로 현상하는 시간조차 담담한 태도로 관조한다. 잃어버린 시간과 풍경을 복원하면서도 오탁번이 놓치지 않는 것은 언어적 긴장이다. 그의 시는 무심히 흘려보냈거나 잃어버린 풍경을 발견하면서 동시에 그 풍경에 조응하는 언어를 발굴한다. 가령, 전 시집 『손님』의 "밥소라에서 퍼주는 따끈따끈한 밥을/내가 하동지동 먹는 걸 보고"(「밥냄새1」)에서 "하동지동"은 '허둥지둥'보다 작은 말이면서 급하게 밥을 먹는 아이의 가냘프고 서글픈 모습을 함축적으로 표현한다. 이 시에서 "하동지동"은 시적 풍경을 여는 화두이자 그 풍경의 소실점이기도 하다.

이렇게 발굴된 오탁번의 시어들은 순우리말의 아름다움을 재발견한다는 일반적인 의미를 넘어, 풍경의 비의가 바로 그 말에 의해 현현하게 하는 시어의 본질에 드러낸다. "햇좁쌀 같은 햇살이 오종종히 비치는 조붓한"(「두레반」)에서 "오종종히"나 "조붓한" 등의 시어는 그것이 형용하는 풍경의 정겨움을 최적화한다. 이렇게 발화된 시는 '옹기종기'와 '오붓한'으로 번역할 수 없는 독특한 시적 풍경을 구성하게 된다. 또한 '햇'과 '오'의 반복에 의한 음성상징과 그 미묘한 언어적 질감은 소리의 층위에서 풍경의 따스함과 다정함을 환기한다. 이런 시어들은, 언어 자체가 하나의 풍경을 형성한다는 점에서 오탁번 시의 독특한 문양이라고 할 수 있다. 시인의 언어적 감수성은 평범한 사람들의 일상적 삶에서 시적인 것, 시적인 언어를 발견하기도 한다.

눈빛과 말품을 보고 안다 진짜 뜻은 애당초 말이나 글로는 다 나타낼 수 없다는 것을 사람들은 안다 장에 가서 농산물 팔고 오는 이에게 오늘 어땠느냐고 물어도 '그렇지, 뭐' 이 한 마디뿐 더 이상 대꾸가 없다 그러나 우리 동네에서는 다 안다 헐값에 팔았는지 유기농이라고 허풍 떨어서 바가지 씌웠는지 갈쌍갈쌍한 눈빛을 보면 다 안다

몇 년 전 외아들이 선산까지 다 팔아먹고 도망간 정미소 집 늙은 홀아비는 동네사람들이 위로하면 기러기 날아가는 하늘 한 번 쳐다보며 '그렇지, 뭐' 늘 이 한 마디뿐이다 옥양목 두루마기의 헐렁하게도 서늘한 소매처럼! 빨랫줄에 앉았던 잠자리가 쇠파리 잡으러 날아올랐다가 이내 고 자리로 다시 돌아오는 것처럼! (오탁번, 「그렇지, 뭐」 부분)

삶의 지평을 공유할 때 말은 이해와 소통에서 부차적인 것이 된다. "그렇지, 뭐"라는 말은 상황과 사건에 대한 자세한 설명을 생략하지만, "눈빛"과 "말품"을 통해 그 의미는 온전히 전달된다. 긍정과 부정, 비관과 낙관을 아우르지만 구구절절 풀어 말하는 것보다 더 많은 것을 내포한다. 결코 계량할 수 없지만 가장 정확한 수량을 지시하는 '적당히'처럼, 모호하지만 가장 정확하고 어눌하지만 가장 효과적인 표현인 것이다. 이런 언어가 통용되는 상황은 그 자체로 시적이다. 『손님』의 「탑」에서처럼 그곳에서는 누구나 시인일 수 있다. 3연에서 "늙은 홀아비"의 "그렇지, 뭐" 역시 심상한 듯 착잡하고 체념한 듯 쓸쓸한 심정을 갈무리하고 있다. 그리고 이런 정황은 "옥양목 두루마기의 헐렁하게도 서늘한 소매"에서 환기되는 다소 헐렁하고 차가운 감각으로 암시된다. 이 시는, "그렇지, 뭐"라는 고향 사람들의 독특하고 재미있는 말버릇의 발견에 그치지 않고, "갈쌍갈쌍한 눈빛"과 "옥양목 두루마기의 헐렁하게도 서늘한 소매" 등의 아름다운 심상을 통해 그 말이 자리하는 삶의 깊은 곳을 슬며시 보여주고 있는 것이다.

오탁번의 전체 시세계를 집약하는 하나의 단어가 '순수'이듯, 이 시집 전반에는 시적 순수함이 드리워져 있다. 시인의 서정적 시선 앞에서 현재의 '원서문학관'과 과거의 '백운초등학교 애련분교'가 스스럼없이 겹쳐지듯, 아이와 어른 혹은 인간과 자연은 평화롭게 화해한다. 오해와 갈등을 슬며시 이해로 풀어가고 시간의 흐름 앞에서도 여전히 천진난만할 수 있는 것은 순수한 서정의 힘이다. 그러나 시적 순수와 맑은 서정이

"쇠좆매로 영혼을 때리면서" "피를 토하듯"(「원고지」) 시를 쓰는 치열함에서 발생한다는 것은 오래도록 되새겨볼 일이다.

2. 유동하는 언어와 부정의 시정신

" '시는 짧은 드라마'라는 견해"를 따라왔다는 〈시인의 말〉을 떠올리지 않더라도 박의상의 시는 한 편의 희곡 혹은 희곡의 한 장면을 연상케 한다. 특정 상황에서 대화 혹은 독백으로 진행되는 시의 구성방식은 희곡의 그것과 닮아있다. 이런 형식은 그 자체로 흥미로운 실험이라 할 수 있다. 그런데 독백과 대화로 구성된 시적 언술은 자연스럽게 서술자의 역할을 약화시킨다. 다양한 목소리가 참여하는 대화의 형식은 물론, 독백의 형식에서도 이질적인 목소리가 드러나며 그 결과 시적 언술의 중심이라고 할 수 있는 서정 주체의 위상이 모호하게 된다.

"아니, 내가 지금 무슨 말을 한 거지? 나, 참,"은 시집의 제목이자 작품 속에서 지속적으로 반복되는 문장이다. 이 언사는 앞의 말을 부정하거나 회의함으로써 지금까지의 발화내용과 반성적 거리를 형성하게 한다. 이는 작품 내부에 시적 언술의 화자와 그 언술을 대상화하는 화자라는 이중의 발화구조가 자리함을 의미한다. 독백에서조차 주체는 다성적 성격을 지닌다. "그리고?" "그러면?" "그래서?" 등의 질문 혹은 추임새의 형식으로 시의 진행에 개입하는 목소리는 화자의 것이 아닌 다른 목소리를 전제한다. 박의상의 시는 이질적인 목소리를 조율하고 질서를 부여하는 가상의 초월적 주체를 상정하지 않기 때문에, 이런 이질적인 목소리들은 화음을 구성하는 것이 아니라 비유기적이고 분열된 중얼거림으로 충돌한다. 서정적 주체가 약화되면서 시의 발화는 정밀한 언어구조로 수렴되지 않는다. 유기적 구성과 구조화부터 벗어나 언어는 욕망과 감정의 경사면을 미끌어지며 전통적인 서정의 문법을 벗어나려 한다.

어제 들었다.
최신 물리학은 우주가
　아직도 팽창 중이라고 한다.
우리 세상 어둠은 커지고,
허공은 깊어지고,
깜박거리는 저기 별들은?
　아아, 서로 멀어지는 중이라고 한다.
우리가 다음에 무엇을 알겠니.
　　다음에 무엇을 하겠니.
지금이다, 한 번 더 입 맞추자, 우리.
영미야, 으응? 으응?
　　으으응?

나, 참,　　(박의상,「지금 한 번 더!」)

　이 작품은 "어제"-"지금"-"다음"의 시간적 계열과 "다음"-"지금", "별"-
"우리", "물리학(팽창)"-"입맞춤"이라는 대칭적인 의미계열을 내포한다.
우주가 팽창하면 "어둠은 커지고", "허공은 깊어지고" "별들"은 서로 멀
어질 것이다. 그러나 그것은 "다음"의 일이다. 화자가 힘주어 말하는 것
은 "지금"이다. 이 작품은, 시란 '지금'의 '입맞춤' 같은 것이라는 전언으로
읽히기도 하지만 박의상의 시는 이런 의미화 자체를 지연시킨다. 특히
전반부의 온건한 화법은 "지금이다, 한 번 더 입 맞추자"라는 진술과 "으
응? 으응?/ 으으응?"에 의해 반전을 겪는다. 재촉과 투정이 섞인 이 완연
한 '빠롤'은 "최신 물리학"의 엄숙한 전언을 무색케 한다. 그리고 마지막
연의 "나, 참,"은 앞의 모든 언술을 실없는 것으로 만든다. 시간과 과학,
계산과 예측에서 비롯된 금욕의 윤리나 그것의 경건함을 특유의 농담으
로 전도시킨다.

　박의상의 시에서 언어는, 사회적 관계에 의해 고정된 약호가 아니라
소리와 형태라는 물리적 속성을 지닌 감각적 실체에 가깝다. 시형의 입
체적인 배열이나 "할까요,오,오"처럼 동일한 음을 분절된 형태로 표기하
는 것, 혹은 "말을 했다,지?"처럼 동시에 발화되기 어려운 종결형 어미를
병기하는 방식들은 언어의 시각적 속성을 적극적으로 활용하는 것이라
할 수 있다. 특히 쉼표의 적극적인 사용은 자연스럽고 일상적 언어 자체
를 생경하게 만든다. "미,안,하,다," "하,자,아!"처럼 쉼표는 단어의 간격
을 넓히고 음절들의 단단한 결속에 틈을 낸다. 이를 통해 실제의 발화는

물론 그 의미까지 낯설게 만든다. 또한 음절을 늘려가는 형태들은 단어의 결속은 물론 문장의 결속을 느슨하게 혹은 혼란스럽게 만든다. "내일 갈 데는 어디더라/어디더라아아/어디였더라아아아"(「어디, 이?」)와 같은 시적 언술은 문장의 종결을 지연시킴으로써 망각이나 착각의 심리적 상태를 환기하고 자연스러운 문장 구성을 생소한 것으로 만든다. 언어의 간격을 넓히고 그 사이로 관념의 자유로운 연상을 끼워 넣는 새로운 방식은 일상적인 언어와 인식 구조의 관습성을 드러내는 시적 효과를 발생시키는 것이다. 이 실험의 향방과 성과는 서정시의 새로운 방법이나 가능성과 맞닿아 있을 것이다.

3. 꽃의 전언

서정시는 그리운 것들과의 교감 혹은 그에 대한 갈망에서 비롯된다. 모든 그리운 것들은 부재의 형식으로 존재하기에 시인은 흔적에서 그리운 것의 행방을 읽으려 한다. 그러므로 시인은 밝은 눈과 귀를 가져야 한다. 이종암의 시적 주파수 역시 그리운 것들의 파동에 맞추어져 있다.

암아배고프제정지숫안에살믄고구마
퍼떡꺼내무꼬큰사나꼴로나락비로오니래이

연필에 침 묻혀 삐뚤빼뚤 눌러 쓴

싯누런 돌가리 포대기 쪼가리

툇마루에 작은 돌멩이로 꽉 눌러 둔

난생 처음 받은 아버지의 편지   (이종암, 「답장」 부분)

화자는 "십오 년 전 먼 길 가신" 아버지에게 미처 "보내지 못한 그 답
장"을 오랜 세월이 흐른 지금에야 보낸다. "아부지요!/거기서 할배와 동
생 식이는 봤십니꺼/어매와 지수씨는 걱정하지 마시소"라는 "두어줄의/
더디고 어눌한" 답장은 수십년의 시간과 생사의 경계를 훌쩍 넘어선다.
때늦어 더욱 애틋한 "답장"은 이종암의 시적 촉수가 가닿으려는 것을 어
렴풋이 짐작케 한다.

이종암에게 시쓰기는 그리운 것들의 흔적을 보고 듣고 읽는 행위의
변주이다. 이종암의 시에서 자연이 하나의 경전인 것은 거기에 그리운
것들의 전언이 담겨있기 때문이다. 자연의 변화에서 어떤 전언을 읽어
내려는 안간힘은 이종암 시의 절실한 동력이 된다. 시인에게 꽃이 피고
지는 것 혹은 달이 차고 기우는 것은 부재하는 것들의 현현이며 그것에
가닿고자 하는 시인의 열망을 자극한다. 조카의 맨살에서 "초생달 모양
으로 새겨진" "네 상처 자국"을 떠올리고 "서쪽 하늘의 초생달"에서 훌쩍
떠나버린 죽은 동생을 불러내기도 하며(「초생달」), "젖은 언어로…징검
다리"를 놓아 그 동생에게로 닿고자 한다(「징검돌」).

특히 꽃이 피고 지는 것은 『몸꽃』에서 가장 극적인 사건이다. 꽃이 피

는 형식은 상처와 기억, 생사의 슬픔과 허무를 가로지는 보다 근원적인 현상을 내포하기 때문이다. 꽃은 "오고가는 일의 속내를 쓰고 있다"(「꽃잎의 문장」)에서처럼 자연의 섭리를 현상하기도 하며 "세상 살면서/제대로 핀 몸꽃 하나 가져라"(「홍매도 부처 연두도 부처」)라는 깨달음의 메시지로 읽히기도 한다. "푸른 대나무가/온몸의 힘 끌어 모아 겨우 만든 마디/촘촘한 마디의 힘으로 태풍을 건디듯"(「몸꽃-차근우」)에서처럼, "몸꽃"은 지난한 고통의 시간을 견디어낸 결과이기에 눈물겹도록 대견한 것이기도 하다. 상처와 고통, 슬픔과 그리움으로 응결된 이 드물게 묵직하고 단단한 언어는 오래 두고 되새길 만하다.

감각의 언어와 난세의 서정

멀리 갔다 돌아온 시들이 있다. 더 가면 돌아올 수 없는 아슬아슬한 경계를 더듬다 돌아온 시들에는 먼 곳의 흔적이 묻어 있기 마련이어서, 읽는 이를 긴장시킨다. 사물과 세계의 바깥 혹은 내밀한 속을 사유하게 하는 시들이다. 사물과 세계에 대한 합리적인 이해를 상회하는 것이 시적 직관이며 여기에서 시의 위의(威儀)가 생성된다.

시가 경전에서 떨어져 나오기 이전 말하자면 시가 그 자체로 황홀경이었던 시절은 사라졌지만 시인은 여전히 그 시절의 언어를 꿈꾸는 존재들이다. 이런 시의 언어를 감각의 언어 혹은 몸의 언어라 칭할 수 있을 것 같다. '힘든 육체'와 '가벼운 육신' 사이의 강심에서 오래 머뭇거리다 돌아온 이 언어들은 어떻게 현상하는가.

1. 감각의 화음

송재학이 "사물의 외양과 성질이 사물의 본질과 일치한다."고 했을 때, 그의 시에 나타나는 다채로운 이미지는 사물의 감각을 환기하는 동시에 그 자체로 사물의 내적 본질을 현상한다. 그의 시에서 소리나 색깔은 우연한 사건이나 사물의 표면에 덧입힌 껍질이 아니다. 그것은 존재 자체의 파동이다. 그러므로 시인은 사물의 소리에 귀 기울이고 그 소리를 색으로 번역하며 다시 색의 온도와 질감을 느끼려고 한다.

> 빙하가 있는 산의 밤하늘에서 백만 개의 눈동자를 헤아렸다 나를 가만히 지
> 켜보는 별과 나를 쏘아보는 별똥별들을 눈 부릅뜨고 바라보았으니 별의 높
> 이에서 나도 예민한 눈빛의 별이다 별과 별이 부딪치는 찰랑거리는 패물 소
> 리는 백만년만에 내 귀에 닿았다 별의 발자국 소리가 새겨졌다 적막이라는
> 두근거림이다 별은 별을 이해하니까 나를 비롯한 모든 별은 서로 식구들이
> 다 (송재학, 「적막」)

「적막」의 시상은 우러러보는 시선과 굽어보는 시선의 "찰랑거리는" 마주침에서 "적막"의 "두근거림"을 발견하는 것으로 이어지며 전개된다. 내 시선 속에서 "별"이 발견되고 "별"의 시선 속에서 "나" 역시 "별"로 발견된다. "나"와 "별" 혹은 "별"과 "별"의 조응은 "찰랑거리는 패물소리"처럼 작고 맑은 소리를 만들어낸다. 그 소리는 다시 "닿았다"는 표현에서처럼 촉각으로 전이된다. 이 시의 이미지는 '바라보다'에서 '소리'로, 다시 '닿다'의 촉각으로 변환되는 중층의 구조를 지닌다. 그리고 이것은 "새겨졌다"에서 파생되는 날카로운 인식의 상태를 유도한다. "나"와 "별"

이 "별"과 "별"로서 상호소통에 도달하는 것은 "별의 발자국 소리", 즉 "적막"이라는 "두근거림"이 내 안에 새겨졌기 때문이다. 본래 "적막"은 소리 없음의 상태이지만, 그것이 내포하는 "두근거림"의 율동은 "적막"이라는 무(無)의 상태를 내밀한 정서적 상태로 고양시킨다. 고요가 소리의 모태 이듯이, 내밀한 "적막"의 경험이 "패물소리"와 "발자국소리"에 귀 기울이게 하는 것이다.

송재학 시의 난해성은 그의 시가 의미의 논리를 따라가는 것이 아니라 감각의 논리를 따라가기 때문에 생겼을 것이다. 섬세하고 다채로운 감각의 시적 포착은 송재학 시의 특징인 바, "봄의 종아리를 만졌다"(「봄날」)나 "날것의 초점이 만져진다"(「난민」), 혹은 "등뼈가/아직도 만져지는"(「상하이, 경성, 도쿄 그리고 대구」)에서처럼, '만지는 행위'는 언어화하기 어려운 대상의 내밀한 속성을 포착하는 시적 인식이자 새로운 시어를 가능케 하는 수사적 동력이다. 이성의 언어가 대상과의 거리를 유지하며 관조하고 사유한다면, '만지다'로 상징되는 감각의 언어는 직접적이고 날것의 사물성을 제공한다. 그러므로 송재학의 시에서 이미지는 단순한 지각의 산물이 아니라 사물의 본질과 그 본질에 가닿은 정신적 각성상태를 내포한다.

『내간체를 얻다』에서 펼쳐보였던 놀랍고도 아름다운 언어의 세계는 『날짜들』에 이르러 한결 조촐하면서도 웅숭깊은 시적 깨달음의 세계로 이어지고 있다. 시인은 한 대담에서 자신의 음악이 '스테레오 엘피'에서 '모노 엘피'로, 다시 '축음기의 에스피 음반'으로 이동하고 있음을 밝힌 바

있다.(송재학-이재복 대담, 「풍경과 한몸이 되는 시인」, 『시를 사랑하는 사람들』, 2010.3~4월호, p.42) 이는 기술이 구현하는 섬세하고 화려한 소리보다 단조롭지만 풍부한 자연의 소리로 회귀하고 있음을 의미하는 것이며, 이런 감수성의 변화는 이번 시집에 나타나는 단순함에 대한 시적 성찰을 예견한 것이기도 하다.

미꾸라지를 삼키는 황새의 젓가락질은 부리로 시작한다 다리의 길이만큼 늘어난 부리, 부리가 딱딱해지면서 긴 상감象嵌 젓가락은 얻었지만 황새의 성대는 퇴화하였다 부리를 부딪쳐 내는 소리, 그게 이두문자처럼 천천히 읽혀진다

육자배기 젓가락 장단과 비슷해진 황새의 노래를 떠받치는 자음의 숫자를 헤아려보는데 따악, 딱 길고 짧은 장단어조 둘뿐이다 외침과 노래, 슬픔과 기쁨 따위 마주보는 두 마디, 성조도 음색도 없지만 무리 짓고 짝지으며 새끼 키우는 데 필요한 두 마디, 된소리의 검고 흰 머리 밟고 날아가는 황새의 날개는 십 척(尺), 그 말마저 생략하고픈 희고 밝은 날개이다 (송재학, 「부리」)

시인은 "육자배기 젓가락 장단"과 비슷해진 "황새의 노래"를 헤아려보고 노래를 떠받치는 자음의 수를 "장단어조 둘뿐"이라고 표현한다. "성조도 음색도" 없는 이 단순한 노래에 "외침과 노래, 슬픔과 기쁨"이 함축되어 있으며, "무리 짓고 짝지으며 새끼 키우는" 황새의 생이 녹아 있음

을 발견한다. 생과 사에 얽힌 복잡다단한 사연을 "두 마디"로 응축하는 황새의 노래는 실상 시인의 내면을 반영한 것이기도 하다. 그리고 "된소리의 검고 흰 머리"에서처럼 소리의 색마저 무채색으로 표현하는 대목은, 그간 다양한 색깔을 통해 사물의 역동성을 포착하던 시인의 미의식이 한결 간명하면서도 소탈해졌음 짐작케 한다.

"속을 텅 비워 보았으면"(「두통의 역사」)에서처럼 덜어내거나 빼기를 통해 단순함을 지향하는 미학은 소리의 무채색마저도 "생략"하게 한다. 생과 사, 슬픔과 기쁨의 무게를 밟고 날아가는 "희고 밝은 날개"는, 「나무장(葬)」(『내간체를 얻다』)의 "덧없이 가벼워 보았으면"에 나타난 가벼움에 대한 지향을 구체화한 이미지라 할 것이다. 단순함의 미학이 송재학의 시세계에 어떤 변화를 가져올 것인지 지켜볼 일이다.

2. 역설과 고통의 시학

이영광의 시는 오래도록 죽음에 천착해왔다. 체험으로부터 파생된 죽음의 이미지는 『아픈 천국』에 이르러 강한 정치성으로 발현되기도 하였거니와, 이제 시인의 내면 깊숙한 곳으로 가라앉아 시세계의 배음으로 자리하는 것으로 보인다. 생의 '저쪽' 혹은 '바깥'의 이미지로 현상하며 이편의 삶을 되비추던 죽음은, 이제 경계를 지우며 이편의 일상과 겹치는 양상을 보인다. 그리고 이런 '착란'은 역설이라는 수사적 형태로 발현된다. 방법으로서의 역설은 모순된 언어 사이의 간격을 발견하는 것이며, 표현의 층위를 넘어 인식의 층위에서 이 세계의 모순성을 내포하는 것이다.

그의 시에 자주 등장하는 부정과 불능의 역설들은 무한히 증식하는 욕망과 가능성의 세계와 대립한다. "참고 싶은 것은 다, 참을 수 없는 것"(「구름과 나」)이었지만, 정말 해야 할 일은 "하지 않는 것을 해내는 일"(「깔깔대는 혼」)이며, "그는 안된다"(「저녁은 모든 희망을」)처럼 불능으로 가능성의 세계를 덮는다. 이영광의 시는 비유하자면 "기도하지 않는" 혹은 "기도할 수 없는 기도"라 할 수 있다.

　　기도는 기도를 빼앗기고
　　꿈틀거리는 신음 하나를 입에 문다
　　분노가 되기 전에,
　　슬픔이 두려움이 경악이 되기 전에
　　전선같이 와서
　　침묵 하나로 뚫어버리는 것
　　더듬거리면서
　　내 기도는 언제나 기도 이전,
　　사람이 어쩔 수 없을 어쩔 수 있는 것에 대하여
　　경련하는 기도이다 (이영광, 「기도」 부분)

「기도」는 이영광의 시가 지니는 언어와 방법상의 특징을 짐작케 한다. "기도"는 "어쩔 수 없는 것"을 "어쩔 수 있을" 것 같을 때 간절해진다. 그러나 이 시에서 "기도"는 "기도"를 빼앗고 "신음 하나"를 재갈처럼 물려준다. 그것은 "분노"나 "경악", "슬픔"과 "두려움"이 발화되기 직전이며 "침묵"의 언어이다. 그러므로 그 "기도"는 차마 발화하지 못하는 신음이자 웅얼거림의 형태를 지닌다. 역설이 포획하는 언어와 언어 사이의 빈 틈 혹은 합리적인 언어의 결락 그 자체이며, "더 외롭고/더 정신을 잃어보아"(「깔깔대는 혼」)야 도달하는 언어일 것이다. 이것은 착란의 언어인 동시에 "분노"와 "슬픔", "두려움"과 "경악"을 아우르는 정치적 언어이다. 그러기에 그의 "기도"는 "사람이 어쩔 수 없을 어쩔 수 있는 것에 대하여" "경련"한다. "어쩔 수 있는 것"을 "어쩔 수 없을" 때, 절박함으로 경련하는 기도 혹은 시는 차라리 '순교'의 이미지를 연상시킨다.

이영광의 시에서 이 세계는 완벽하지만 불완전하며 과잉이기에 결핍인 세계이다. 죽음으로 착색된 세계의 불모성은 시인의 내면으로 비집고 들어와 보다 근원적인 비극성으로 뿌리 내린다. 『아픈 천국』의 "죽은 땅"(「녹색」)은 이제 "분노의 거주지/혼돈의 부동산"(「이따위 곳」)으로 지칭된다. 이영광 시의 내면은 이런 불모의 현실을 끌어안고 그 병든 세상을 몸으로 앓는 것에서 형성된다. 그의 시에서 몸이 받는 고통은 그가 자리한 세계의 병적 징후이다. 그러므로 몸의 시학, 육체의 언어란 망가져가는 '마음/몸'으로 망가져가는 세상을 견디는 것을 의미한다. 시에서 학대받는 '몸'과 '마음', 곧 망가져가는 '마음/몸'이란 실상 망가져가는 세상에 다름 아닌 것이다.

그러면서도 그의 시는 "이따위 곳"에서 "울지도 않고/먹는다"(「이따위 곳」)는 것의 엄숙함에 대해 성찰한다. 학대와 고통, 치욕으로 범벅된 시적 현실에 자리하면서도, "사는 게 웬 징역인가 하는/마음 가난한 물음은 가난하다 하염없이 살고 있는 엄숙 앞에서"(「오일장」)처럼, "하염없이 살고 있는" 엄숙 앞에 서서 "싱싱해져서 가자"고 몸과 마음을 추스르려 한다. "이 생이 이렇게 간절하여 살고 싶으니" "죽기 전"에 "자꾸 죽자"고 주문하는 것이나, "음 시월 물푸레나무같이 시들어"(「물푸레나무같이」) 병 낫기를 갈망하는 태도는 작위적인 희망의 언사가 아니라, 고통 속에 오래 침잠했던 서정적 '환자'의 분투로 읽히기에 더 절실하다.

시 읽기가 어려운 시절이다. "시집 그 거칠고 어지러운 것을, 고와라 고와라 쓰다듬는" 마음으로 읽던 때가 있었다. 시 읽기가 찰나의 황홀경이었던 시절이었다. 시마다 맥락과 문법이 달라 주파수를 맞추기 어렵거니와, 주파수 따위란 없다며 불협의 소음으로 떠돌기를 주장하는 시들도 많아졌다. 늘 듣던 음악만 듣는 사람처럼, 읽히는 시만 따라 읽는 것은 아닌지 두려울 때가 있다. 그 두려움이 과도한 시 읽기를 강제하는 것은 아닌지 반성할 필요도 있다. 좋은 시가 새로운 시라는 것은 여전히 유효하다.

서정의 균열과 심연으로의 도약

길상호의 시는 온건하다. 그의 시는 만화경처럼 현란하지 않고 날것의 욕망이 넘실대지도 않는다. 그의 시에서 시적 대상들은 시인 특유의 언어 감각에 의해 섬세한 결을 가진 풍경으로 재구성된다. 잘 다독여진 내면의 슬픔과 부드럽게 다듬어진 삶의 편린들은 단아한 모습으로 시 속에 자리한다. 길상호의 시가 지니는 이런 온건함은 시적 화자들이 보이는 예의에서 비롯된다. 그의 시에서 예의는 형식적인 도덕률이나 윤리적 우월감의 표현이 아니다. 그것은, "불안한, 너의 생"을 "살살 다독이고" 싶어 하거나(「물의 집을 허물 때」) "그림자"에게 "우산"을 씌워주고자 하는(「그림자에게 우산을」) 태도이며, "사람과 사람 사이 벌어진 틈마다/잔돌 괴는 일의 중요함을" 아는 "사소한 마음"(「돌탑을 받치는 것」)이기도 하다. 위로하는 마음은 위로받고 싶은 마음이기도 할 터, 연민과 배려의 상호작용은 주체와 대상이 동일한 지평 위에 존재함을 의미한다.

그러므로 '너'로 표상되는 시적 대상은 적대적 타자가 아니라 자아의 확장이거나 자아와 동질적 존재가 된다. "너와 나의 집 사이 언제나 팽팽하게/긴장을 풀지 못하는 인연이란 게 있어서/……/네가 없어도 나는 전깃줄 끝의/저린 고통을 받아/오늘도 모르는 척,/밥을 끓이고 불을 밝힌다"(「모르는 척, 아프다」부분)에서처럼, "너"의 부재는 "고통"이지만 절망적인 단절은 아니다. "인연"이란 시어는 그 관계의 의미와 가치를 내포한다. 현존하든 부재하든 "인연"의 끈으로 묶여 있는 한, "너"는 "나"에게 의미있는 존재이다. 짐짓 "모르는 척" 하지만, "나"의 모든 촉수는 "너"에게로 향한다. "너"의 부재에서 발생한 "고통"은 "나"에게로 전달되고 일상을 지탱하는 힘으로 작용한다. "인연"이라는 끈으로 연결되어 있다는 점에서 "너"와 "나"의 "사이"는 단순한 공백이 아니라 의미로 충만한 공간이다. 간혹 "손 내밀어 마음의 문/손잡이를 잡을 때/번쩍/불꽃이 튀는/우리는 그런 사이,"(「정전기처럼 너는」)에서처럼 무감각하고 건조한 일상적 관계가 있기도 하지만, 길상호의 시에서 '너'와 '나'는 소통하고 화해할 수 있는 동질적 지평 위에 서 있다. 그러므로 너의 부재는 절대적인 고독이나 소외를 발생시키지 않는다. 「열매 떨어진 자리」에서 "떨어진 열매의 자리, 그 빈자리가/남은 열매를 키우는 힘"이라고 믿을 수 있으며 "자리를 양보한 둥근 꿈"들이 "씨앗"으로 박힌다는 위로가 가능해지는 것이다. 여기서 대상의 상실과 부재는 아픈 상처이지만 치유와 회복이 가능한 것이어서 궁극적으로 성장의 징후이거나 표식이 된다.

유기적 동일성을 토대로 한 서정적 시선은 사라져가는 대상을 대할 때 두드러진다. 『모르는 척』에서 자주 사용되는 '버려지다'는 주목해봐야 할 시어이다. 이 시집에서 '버려지다'는 사물의 폐기된 상태를 지시하기도 하고, 시적 주체나 대상의 난처한 처지나 심리적 정황을 암시하기도 한다. 시인은 일상으로부터 버려진 사물들을 시적 대상으로 포착하곤 한다. 이는 『오동나무 안에 잠들다』에서 사라져가는 것 혹은 낡은 것에 천착하는 태도의 연장이기도 하다. 『모르는 척』에서 버려진 사물들은 기능이 정지되거나 사용가치가 소진된 상태이다. 밑창이 떨어져 입을 벌린 것처럼 보이는 "구두 한 마리"(「구두 한 마리」)나 "회로판을 드러내놓고/브라운관은 산산이" 깨진 채 "아파트 쓰레기장 한쪽에" 버려진 텔레비전(「어떤 노숙자」), "도로변에 버려진" "목장갑"(「버려진 손」)이나 "늙은 어머니처럼 구석에 버려진" "운동화 한 켤레"(「한 켤레 운동화」)는 낡거나 부서져 그 쓰임새가 다한 물건들이다. 시인은 그 물건들을 애정 어린 시선으로 관찰한다. 그 시선에 의해 버려진 사물들은 잠깐이나마 환한 모습으로 소생하며, 자신의 몸에 새겨진 추억과 생의 이력을 펼쳐 보인다. 그것들은 새것이 가지지 못한 세월의 흔적과 기억을 지닌다. 시인은 시간의 흐름을 거슬러 그 의미와 가치를 복원한다. 시인에게 그 물건들은, "나를 태우고 묵묵히 걷던 일생"(「구두 한 마리」)이거나, "헐거운 생"을 부여잡고 있는 존재(「버려진 손」)이기도 하고, "나의 길 발 지문으로 새겨놓고 있는"(「한 켤레 운동화」) 존재로 재발견되는 것이다. 사라져가는 것에 주목하는 태도는 새것을 강요하고 유행에 집착하는 세태에 대한 반사경 역할을 하기도 한다. 또한 새것의 빛나는 표면이 아니라 사라져가는 것의 뒷모습에 주목하는 감수성은 쓸쓸하면서도 아름다운 정서를 빚어내기도 한다.

그러나 '버려지다'는 비극적 의미를 지닐 수밖에 없다. '버려지다'가 내포한 수동성은 버려진 처지와 상황을 더욱 비참한 것으로 만든다. 바다에서 떠밀려와 "갯펄에 닻을 내린" 폐선(「길상號를 보았네」), 버려진 "껍질"(「껍질의 본능」), "하수구에 아가미가 걸린 물고기"(「배관 속을 헤엄치던 한 무리 시인들」), "폐기처분"(「서울이여 안녕」), "버려져" 있는 남자(「이가는 남자」) 등은 어딘가에서 떨어져 나왔거나 어딘가로 내던져진 상태이다. 그것들은 현실의 시간과 삶의 영역에서 추방당한 것이다. 주체의 자발적인 의지와 무관하게 버려진 상태는 위태롭고 불안하다. '버려지다'는 어디에도 들지 못한 난처한 상황을 암시한다. 시집 『모르는 척』의 후반부에 등장하는 불안과 우울의 정서는 '버려짐'이라는 시적 상황에서 발생한다. '통로의 상실과 유폐'(「계단이 없다」), '목마름'(「이태원에 산다」), '멸망에 대한 묵시'(「다큐멘터리」), '피로와 불안'(「서울쥐는 울었네」) 등은, 피폐한 삶의 조건들과 그것에 적응하지 못하는 화자의 내적 불안에 의해 생성된다.

이들 작품들에서 화자는 무방비의 상태로 불모의 현실에 내던져진 것처럼 보인다. 그러므로 이들 작품의 정서는 동질적 세계를 배경으로 하는 작품들과 극단적인 대비를 이룬다. 길상호의 시에서 동질적 공간은, 유년의 고향집 "부뚜막"(「운동화 한 켤레」)이거나, "수종사 차방"(「차 한 잔」) 혹은 "향나무"가 서 있는 "비래사 마당"(「나이테를 돌다」)이다. 『오동나무 안에 잠들다』에서 '낡은 집'과 '폐가', '산사'나 '나무 밑' 등이 적막하고 평온한 서정의 공간이었던 것처럼, 『모르는 척』이 발견해낸 이런 공간들은 현실적 삶의 갈등과 고통이 정화되는 곳이자 조화로운 합일의 상태가 회복되는 곳이다. 이들 작품들에서 형성된 온화한 합일의 상태는 애틋하면서도 편안하다. 그러나 『모르는 척』 후반부에 수록된, 도시 공간을 배경으로 한 작품들은 판이한 정서를 드러낸다. 이들 작품들에는 공간에서 오는 친밀감이나 편안함, 외부세계와의 조응이나 일체감이 전혀 나타나지 않는다. 이질적인 공간과 정서는 시인이 존재하는 현실적 지평이나 시세계의 좌표가 변화하고 있음을 짐작케 한다. 이런 변화와 더불어 동질적 공간을 배경으로 한 작품의 의미와 가치가 점차 약화되는 경향이 감지되기도 한다. 동질적 세계를 배경으로 한 작품들은 여전히 매력적이지만 더 이상 시적 대안이나 안식처가 되기는 어려워 보인다. 유년의 고향집이나 절로 들어간 시들이 채택하는 손쉬운 치유와 화해의 시적 기제들은 반성의 대상이 되어야 하기 때문이다. 특정 공간이 선험적으로 제도화한 태도와 인식은 시적 긴장을 이완시킨다. 작품 외적 담론에 기대지 않으면서 일정 수준의 긴장과 완결성을 유지하기 위해서, 시적 인식과 구조의 관습성은 끊임없이 되물어 봐야할 문제이다.

시인 역시 이런 위기와 불화를 직감하고 있는 것으로 보인다. 시집 『모르는 척』의 후반부에 드리워진 어두운 우울의 분위기는, 시인은 어디에도 들지 못한 채 스스로의 좌표를 상실한 상태에 놓여있다는 불안감의 반영이다. 그런 점에서 '심연'은 『모르는 척』에서 가장 중요한 이미지라 할 수 있다. 『모르는 척』에서 '심연'은 "삶과 죽음의 경계"이며 "방부제로 무장한 정신은 울어도 울어도 끝내 들 수 없는 곳"(「심해, 그리고 호수」)이다. 그곳은 "시간의 낚싯줄"도 "미끼를 내리지 못하는" "바닥"(「세 다리물고기」)이기에, 부푼 부레로는 결코 가 닿을 수 없는 곳이다. '심연'

은 현실의 공간 어디에도 정초할 수 없는 상황에서 시인이 모색한 근원적인 공간을 상징한다. 그러나 '심연'은 가닿아야 할 구체적인 공간은 아니다. 『모르는 척』에서 심연은 깊이에 대한 지향으로 읽힌다. 심해나 깊은 물속으로 표상되기도 하지만, "한 점 뼈"는 물론이고 "영혼"마저 녹여야 도달할 수 있는 '심연'은 오히려 심리적이고 정신적인 지향점에 가깝다.

이질적 공간의 불화에서 파생된 심연의 문제는 시의 진로에 대한 시인의 고민과도 겹쳐진다. 길상호에게 '시'는 "부레 속에 녹여 채워 둔/물의 노래와 그 빛깔을,/더 멀리 퍼뜨리고 싶어서" "물고기"가 피우는 "꽃"(「물고기는 모두 꽃을 피운다」)이거나, "보일러배관속에송사리떼한무리를" 풀어놓으면 "가파른물고기맥박이부딪치는곳마다" 피어나는 "뜨거운열꽃"(「배관 속을 헤엄치던 한 무리 시인들」)이다. 「물고기는 모두 꽃을 피운다」에서 "꽃"으로 비유된 수면의 파문은 세상과의 소통을 열망하는 신호이자 시를 의미한다. 그러나 「배관 속을 헤엄치던 한 무리 시인들」에서 시를 상징하는 "열꽃"은 전혀 다른 의미와 맥락을 지닌다. 여기서 시인은 쉽게 달아올랐다 바로 폐기처분된다. 이는 문학적 현실에 대한 알레고리이거나 시의 운명에 대한 통찰일 것이다. 다만 쉽게 뜨거워졌다 바로 식어버리는 시 혹은 시인의 모습이 비판적으로 그려지고 있음은 확실하다. 이로부터 시인은 '가파른 맥박'을 대신해 심연으로의 침잠을 택하는 것으로 보인다. "나는 언제 심해에 다다를 것인가"라는 시집의 〈自序〉 역시 시인의 시적 지향의 구체적인 방향을 암시한다.

'심연'으로의 지향은, 날렵하고 경쾌한 시가 각광받는 시대에 어쩐지 시대적 흐름에 역행하는 것처럼 보이기도 한다. 그러나 대부분의 시들이 비상을 위해 '부레'에 공기를 채울 때, 심해로 들어가기 위해 '부레'에 기름을 채우는 길상호의 시적 선택은 그 자체로 흥미로워 보인다. 시의 새로움이 항목화되고 고착화될 때, 그 새로움의 역동성이 소실되듯이, 새로움에 대한 모색에 정해진 방식이란 있을 수 없기 때문이다. 그러므로 길상호의 시에서 '심연'은 초월의 장이 아니라 갈등의 장이며 숙고의 여정이어야 한다. '심연'으로의 침잠은 하강이나 추락이 아니라 도약인 셈이다. 그의 깊이에 대한 성찰로부터 새로운 시적 결실이 맺어지기를 기대해 본다.

『모르는 척』에는 섬세한 감성으로 주조한 서정적 풍경과 함께 우울과 불안이 공존하고 있다. 『모르는 척』이 내포하는 균열과 긴장은 길상호의 시세계가 변화와 모색의 과정에 놓여있음을 짐작케 한다. 이는 시인 개인의 문제이기도 하지만 오늘의 서정시 일반이 봉착한 문제라는 점에서, 앞으로 시인이 보여줄 시적 행보가 자못 궁금하기도 하다. 다만, 우울과 불안이 현대시가 반드시 지녀야 할 본질이 아니듯이, 길상호 시의 결이 고운 서정 역시 벗어야할 낡은 굴레만은 아닐 것이다.

미량의 슬픔을 현상하는 방식

첫 시집 『비단길』로부터 시작해 『잘못 든 길이 지도를 만든다』와 『세상의 모든 뿌리는 젖어 있다』를 거쳐, 최근 시집 『기억의 못갖춘마디』에 이르기까지, 기나긴 시적 순례에 어떤 소실점이 있다면 그것은 깊은 '슬픔'일 것이다. 시인이 잠깐 열어보였다 서둘러 닫았던 '기억의 서랍' 속에서 시간과 망각에 의해 마모되어가는 '상처'로 현상하거나 일상의 스쳐가는 '서글픔' 혹은 '비애의 덩어리'로 표현되기도 하지만, '슬픔'은 어떤 결핍에서 기인하는 것이 아니라 보다 근원적인 것에 가깝다.

강연호 시인의 시세계는 완강한 서정과 정제된 언어로 집약할 수 있다. 최근에는 일상의 미세한 떨림에 천착하되 그로부터 생의 축도를 읽어내는 시적 양상이 두드러지지만, 여전히 그의 시에는 미량의 슬픔이 섞여 있다. 강연호 시인의 시에서 슬픔은 강인한 서정의 동력이자 시적 방법이라 할 수 있다. 연애와 실연, 사랑과 배신의 이미지들이란 이런 슬픔이 현상하는 하나의 방식이다.

언젠가 이 거리에 와본 적이 없다

나는 완강히 부인한다 알리바이가 있을까

이 거리의 바람은 예전 그대로다 너도 그대로일까

불한당들의 역사처럼 나는 곰곰 기억한다

이 거리에서 언제 우리가 헤어졌을까

배신이라는 말이 이렇게 낯설어질 줄 몰랐다

사랑과 함께 쓰면 더 촌스러워질 줄 몰랐다

한때는 동시상영관의 두 번째 영화의 제목이었을

사랑의 배신, 너는 이 거리에 와본 적이 있을까

나도 이 거리에 와본 적이 없으므로

우연을 연속극처럼 필연화하는 조우도 없다

예전의 찻집이 공짜폰을 주는 가게로 바뀌었다는 것도

모른다고 잡아뗀다 공짜는 왜 수상한가

풍선인형이 도리질을 하며 두 팔을 세차게 꺾어도

나는 이 거리에 와본 적이……그만 실토할까

이 거리의 바람은 구르는 자갈처럼 운다

울음은 웃음에서 얼마나 먼가 혹은 가까운가

생각해보면 배신이란, 배신도 못하는 사랑이란

애초부터 사랑이 아니었던 것

사랑이 아니었는데 어떻게 배신이 가능할까

순도 백퍼센트의 사랑만이 배신의 자격이 있다고

배신이 우연을 가장하며 다가와 팔장을 낀다

이 거리의 사랑은, 아 사랑은

은근히 던지는 배신의 추파가 싫지 않다 (강연호, 「사랑의 배신」)

「사랑의 배신」의 첫 구절에서 "언젠가"와 "~적이 없다"의 어색한 호응은 이어지는 부정의 허술함을 함축한다. "완강히 부인"하거나 "모른다고 잡아"떼는 시적 화자의 연기는 서툴다. 매끄럽고 완벽한 거짓말이 잘 짜인 추리물의 구조라면, 허술한 거짓말은 우연을 필연이라 거듭 주장하는 "연속극"의 문법과 다르지 않다. 실상 화자는 "이 거리"를 다녀갔으며 "연속극"처럼 어떤 "조우"를 꿈꿨을 것이다. 시간이 흘러 열렬했던 사랑도, 배신으로 들끓었던 마음도 낯설고 남루해졌지만, 여전히 사랑과 배신, 그리고 우연한 마주침을 상상하는 것이다.

이 시에는, 욕망과 배신, 복수로 점철되었을 "불한당들의 역사", "연속극"과 "동시상영관", "찻집"이 "공짜폰을 주는 가게"로 바뀐 거리의 풍경, "거리의 사랑"과 "배신의 추파"에 이르기까지, 통속성을 가장한 수사적 장치가 절묘하게 배치되어 있다. 통속은 새로운 것이 없으며 말초적인 자극에 기댄다는 점에서 비난받지만, 욕망의 맨얼굴을 드러내기도 한다는 점에서 현실적이기도 하다. 그것은 가치의 하락을 유발하지만 동시에 일상으로부터의 일탈을 자극한다. "사랑"과 "배신"은 일일 드라마의 흔한 소재이고 철지난 유행가에나 등장하는 낡은 기호지만, 여전히 욕망의 다른 이름이 된다.

사랑의 기호를 공들여 해석하듯이 화자는 이 통속적인 기호의 이면에 자리하는 관계에 대한 열망을 읽어내려 한다. "울음"과 "웃음"의 거리가 모호하듯, "사랑"과 "배신"의 역학도 복잡한 것이다. "배신이란, 배신도 못하는 사랑이란/애초부터 사랑이 아니었던 것"에서처럼 "배신"이 "사랑"을 증명하는 단서가 되기도 한다. 거짓말이 진실의 주위에서 짜여지고 진실의 둘레를 회전하는 것처럼, 배신은 사랑에서 잉태되고 그 주변을 맴도는 것은 아닐까. 하여 "공짜"를 가장한 상술에 속고 싶을 때가 있듯이, "순도 백퍼센트의 사랑만이 배신의 자격이 있다고" 주장하는 "배신의 추파"를 받아들이기도 한다.

언어에 대한 성찰로부터 시적 발견을 이끌어내는 방식은 강연호 시인의 시에서 곧잘 확인되는 바, 이는 낱말의 소리와 모양새, 받침에 주목하거나(「말뚝」, 「산수유 마을에 갔습니다」, 「꿈」), "바닥이란"(「바닥」) 혹은 "이름이란"(「바람의 정거장」)처럼 말의 의미를 성찰하는 형식으로 나타나기도 한다. 이를 통해 그 언어가 지닌 물리적이고 감각적인 속성이 발견되기도 하며, 관습적인 사용에 매몰된 언어의 본래적 의미가 그 자체로 현시되기도 한다. 낡고 통속화된 말은 그 말이 처음 발화됐을 때 그러했을 것 같은 모습으로 재발견되는 것이다. 강연호 시인의 시에서 언어에 대한 시적 성찰은 일상 언어를 시어로 재규정하는 과정이기도 하다. 「사랑의 배신」의 "배신이란, 배신도 못하는 사랑이란"과 같은 명명행위는 "곡절이란"(「흉터」)에서도 유사하게 반복된다.

얼굴에 남은 곡절이 깊다
곡절이란 구부러지고 끊어졌다는 뜻

무엇을 구부러뜨리고

무엇을 끊어버렸는지 알 수 없지만

흉터는 그 곡절을

무협지의 축지법처럼 당겨

순식간에 건너뛴다

저 흉터는 흉일까

훈장일까

잠든 사내를 힐끔거리며

잠들지 못하는 시선들은

헉헉거리며

가쁜 숨을 몰아쉬며

달리는 열차 안에서도 달리고 있다 (강연호, 「흉터」 부분)

'곡절'은 순탄치 않은 사정이나 이유를 뜻한다. "곡절이란 구부러지고 끊어졌다는 뜻"이라는 구절을 통해 그 본래 의미를 되새김으로써 얼굴에 새겨진 상처와 그 상처의 사연이 겹쳐진다. 깊은 상처는 날카롭고 거친 사연을 추측하게 하듯이, 시에서 "곡절이 깊다"는 사연의 깊이이자 흉터의 깊이이기도 하다.

"흉터는 잠들지 않는다"에서 "흉터"는 감은 눈에 대비된다. "흉터"는 '눈'을 감고 잠들 수 없기에 항상 스스로를 현시해야 한다. 덕분에 "흉터"는 시선들의 응시를 견뎌야 하며, 시선들 역시 잠들지 않는 흉터 앞에서 불안할 수밖에 없다. 특히 "무엇을 구부러뜨리고/무엇을 끊어버렸는지", 그래서 흔적이 "흉"인지 "훈장"인지 판단할 수 없기에 "시선"들은 더 불안할 수밖에 없다.

이 시는 "흉터"라는 대상과 그 "흉터"를 "힐끔거리는" 시선들의 심리를 함께 포착하고 있다는 점에서 흥미롭다. "흉터" 앞에서 "시선"들은 한 곳에 머무르지 못한다. 시선은 회피하고 싶거나 보지 말아야 할수록 오히려 그 주위를 맴돌기 마련이다. 보지 말아야할 것, 입에 담지 말아야 할 것들은 왜 우리의 눈과 입을 간질이는가. 「카카오톡 미용실」은 이런 "시선"들을 소문의 세계로 가져간다.

빨래터나 우물가의 입담이
이제 미용실에 모여 있다
남자들도 거리낌 없이 드나든다
미용실에서 자르고 다듬고
지지고 볶는 건 머리만이 아니다
자르고 다듬고 지지고 볶으면
다들 딴사람이 되므로
다들 익명이다
익명의 공범이다
모두를 흉보고 모두를 동정하며
모두 밖에 있는 자신을 안심한다

모두에는 밖이 없고 예외가 없다는 걸

꿈에도 모른다

신고도 안 한다

자백할 필요도 없다 (강연호, 「카카오톡 미용실」 부분)

"빨래터"나 "우물가"가 "미용실"로 옮겨갔듯이, 스마트기기가 대중화
된 사회에서 "카카오톡"과 같은 소셜 미디어는 새로운 "입담"의 세계를
열어 놓는다. 미디어의 발달은 수다의 형식과 소문의 양상을 변화시킨
다. 이제 사람들은 시공간의 한계를 뛰어넘어 손끝으로 재잘댄다. 그러
나 소문의 구조는 여전히 "미용실"의 그것과 다르지 않다. 모두가 소문
의 소비자이자 생산자이며, 가해자이자 피해자이다. "미용실"에서 "자르
고 다듬고 지지고 볶는 것"은 머리만이 아니어서, 온갖 소문과 뒷담화가
유통되고 가공된다. "모두를 흉보고 모두를 동정"할 때, 그 "모두"의 밖에
있어 안전하다는 발화자의 착각은 "모두에는 밖이 없고 예외없다"는 단
순한 진리에 의해 무너진다. 보는 순간 보여지듯, 말하는 순간 말해지는
것을 피할 수 없기 때문이다.

 소문의 유통과정에는 소문을 듣고 말하는 사람들의 욕망이 투사되기
마련이다. 추문일수록 널리 그리고 빨리 퍼지는 것은 그 소문에 대중의
무의식적 욕망이 적극적으로 가담하기 때문이다. 그러므로 어떤 소문은
담화 공동체의 금기와 억압, 그것을 우회하려는 욕망의 리트머스가 되
기도 한다. 결국 부풀어오른 말풍선이 터지듯 스캔들이 터지면 "모두"는

예외 없이 그것에 휩쓸려 들어갈 수밖에 없다. 말하는 주체는 자신이 듣고 말한 소문에 오염된다. 말의 공간이 가공되듯이 말의 주체와 내용도 각색되며 결국 왜곡되거나 파괴되는 것이다. 발화주체가 발화내용을 구성하는 것이 아니라 발화의 구조가 주체를 구성하는 것이다. 「카카오톡 미용실」이 의사소통의 한 단면을 사회적 변화의 차원에서 다루고 있다면, 「향수」는 거역할 수 없는 "고향"의 존재를 지속의 층위에서 다룬다.

> 새벽 기차는 역을 떠났다 청춘도 연애도 열렬했지만
> 아무도 고향과는 싸울 수 없지 끝은 뻔하니까
> 비겁해지지 않고 어떻게 고향에 돌아갈 생각을 할 수 있나
> 고향에 돌아가지 않고 어떻게 모두 손 털었다고 할 수 있나
> 미꾸라지가 열을 피해 파고드는 두부 속처럼
> 다 받아주지 않으면 어떻게 고향에 돌아왔다고 할 수 있나
> 결국은 뜨겁게 한몸으로 뒤엉키는 거라고
> 두부 한 모금을 입에 물고 그가 울음처럼 웃었다 (강연호, 「향수」 부분)

고향을 버리지 않고는 고향을 노래할 수는 없다. 화자는 고향을 저주한 자만이 고향을 사랑할 수 있다는 아이러니를 "그"를 빌어 말하고자 한다. 고향을 떠난 자에게 고향은, "상처는 늘 고향이 주고"에서처럼 떠나야할 이유가 되기도 하지만, "붕대로 처매는 것도 언제나 고향이 하고"에서처럼 위안과 치유를 제공하기도 한다. 결국 고향은 미워하는 만큼 그

리워할 수밖에 없다. 고향을 떠난 이후로 항상 고향을 짊어지고 다녔으므로 고향을 이길 수도, 고향과는 싸울 수도 없는 것이다.

심상치 않을 "그"의 사연은 은폐되어 있지만, "울음처럼" 웃으며 두부를 먹는 "그"의 귀향은 금의환향일 수 없을 것이다. "손"을 완전히 털고 조금은 비겁해졌을 때 평범한 생으로 복귀할 수 있듯이, 고향을 떠났을 때의 열정과 패기가 사라지고 더 이상 현실의 열기를 견딜 수 없을 때 고향의 품으로 돌아가기 때문이다. 그러나 두부가 열을 피해 파고드는 "미꾸라지"를 받아주듯, 한 때 온 강의 물을 흐리고 다녔을지도 모를 "그"를 고향은 다시 받아준다. 어떤 생이란 "뜨겁게 한몸으로 뒤엉키는" 것이라는 온화한 전언이 이채롭다.

강연호 시인의 시에서 시인에 육박하는 시적 주체는 항상 의심하고 갈등한다. 가령 "평소 의심이 많던 나"(「가장 이른 깨달음」)는 여전히 "금 위에서 아슬아슬"하게 서성인다(「금 위에서 서성거리다」). 금을 밟는다는 것이 놀이에서는 죽음을, 처세에서는 고립임을 알면서도, 여전히 아슬아슬하게 금위에서 서성이는 "나"는 강연호 시인의 시적 주체상을 함축적으로 표상한다. 덕분에 "여전히" 환절기의 "몸살"(「몸살」)을 앓곤 하는 시적 주체는 "아직도" "시험 중"에 있다.

토막잠 속으로 시험은 참 어렵구나

어렵게 출제되어 꿈 속까지 따라오는구나

이게 꿈이라는 걸 알면서도 오금이 저린 꿈만 밀려온다

시험지를 받자마자 이름만 쓰고 백지를 제출하고
성큼성큼 멋지게 걸어나가는 용기도
저럴 거면 왜 시험장에 들어왔나, 혀를 차는 만용도 없다
단 한 문제도 풀지 못한 채 종이 울릴 때까지
시험지를 걷어갈 때까지 끙끙 앓는 나를
꿈에서 깨면 아, 꿈이라서 다행이다
가슴을 쓸어내리는 나를
내가 물끄러미 바라보며 혀를 찬다 아, 다행이다 (강연호, 「시험에 들지 말게 하옵시고」 부분)

시에서 "아직도"와 "여전히"는 "시험"이 현재 진행형임을 강조한다. 비록 꿈이지만 시험을 치러야 하고 그 시험은 늘 어렵기만 하다. 문제가 수월하게 풀린다면 "시험"에 드는 것이 아니므로, 시험에 대한 꿈은 "단 한 문제도 풀지 못한 채" 끙끙대다 깨어나기 마련이다. 이미 오래 전에 학창 시절이 끝났고 제대한지가 까마득함에도 불구하고 우리는 곧잘 꿈을 통해 입시나 입대를 되풀이한다. 기가 막힌 것은 꿈이라는 걸 인지하면서도 그 상황을 벗어나지 못한다는 것이다. "시험지를 받자마자 이름만 쓰고 백지를 제출"하는 용기는 꿈에서도 여전히 발휘하지 못한다.

생의 중요한 고비들이란 대개 어려운 시험과 같은 것이어서 졸업하고 제대한다고 "시험"이 끝나는 것은 아니다. "시험에 들지 말게 하옵시고"라는 간곡한 기원은 실상 우리 삶이 시험의 연속임을 암시한다. 시험에

들지 않기를 간절히 기도하면서도 정작 시적 화자는 백지를 내고 "멋지게" 나가지 않는다. 이런 모습은 "용기"나 "만용"이 없기 때문이기도 하지만, 생이 던져놓은 어려운 문제를 안고 끙끙 앓는 어떤 태도의 상징으로도 읽힌다.

쉽게 타협하지 않아서 여전히 "시험 중"인 화자는 영원회귀 중인 '성장통'을 앓고 있는 것으로 보인다. 여전히 시험에 들 듯, '사춘기'에 들어있는 화자는 "금 위에서 서성거리는" 시적 주체를 연상케 한다. 어느 편에도 안주하지 못하고 "금 위에서 아슬아슬하게" 벌이는 시적 곡예의 향방이 새삼 궁금해진다.

홀로, 멀리 그리고 오래 가는 詩

『그리운 막차』(1999)에서 일행과 떨어져 산을 내려오다 "산문 밖 가로 등" 앞에 멈춰 섰던 "나"는, 백야의 한 밤중 잠들지 못한 채 골똘히 "그대를 생각"하고 있는 모습으로 재현된다. 첫 시집 이후 「손끝으로 달을 만지다」(2007)를 거쳐 이번 시집에 이르기까지 송종찬 시의 풍경은 꾸준히 바뀌었지만, 홀로 세상을 마주하고 있는 시적 자아의 쓸쓸한 모습만큼은 변함이 없다.

송종찬의 세 번째 시집 『첫눈은 혁명처럼』은 남도의 끝자락에서 만주, 러시아를 거쳐 대륙의 서쪽 끝 '호카 곶'으로 이어지는 역려의 흔적을 담고 있다. 1부는 러시아 체류 경험을, 2부는 한반도의 북방과 유럽 등지를 여행한 경험을 토대로 한 작품들로 구성된다. 시인 자신이 '대륙의 밀실'에 갇혀 서너 해를 보냈다고 말하듯이, 1부의 시편들은 러시아의 혹독한 겨울과 백야, 끝없는 평원과 혁명의 흔적들을 배경으로 내밀한 풍경화를 그려내고 있다.

사상을 팔던 혁명가가 있었지

협동농장에서 노동을 팔던 소련도 저물고

몸을 파는 자본의 시대가 왔지

한 끼의 마른 흑빵을 사기 위해
영혼마저 팔고 돌아서던 길
발 아래 밟히던 첫눈은 어떠했을까

낙엽의 거리에 눈이 내리면
발자국 무성했던 대지도 시리지 않겠다

간밤 당신이 그리 오시려고
자다 깨다 반복했었는지
창밖 내미는 손길 위에 첫눈 (송종찬, 「첫눈은 혁명처럼」)

    표제작 「첫눈은 혁명처럼」에서 시인이 발견한 러시아의 일상은, 살기 위해 "몸"과 "영혼"을 팔아야 하는 자본주의의 교환 세계이다. 혁명을 거치며 이념과 체제는 바뀌었지만, 팔고 사는 삶의 구조는 바뀐 적이 없음을 시인은 간파한다. 그러나 시인은 교환의 논리가 지배하는 현실을 자세히 들여다보지 않는다. 다만 "사상"과 "노동"을 팔던 "혁명가"가 "영혼" 마저 팔았을 때의 심정을 미루어 짐작하는 것으로 대신한다. 이때 발에 밟히는 "첫눈"은 숭고한 것의 훼손 혹은 일상의 비속함을 상징할 것이다. 계절보다 이른 "첫눈"이 녹아 버리듯이, 시대를 앞선 혁명의 가치 역시 쉽게 변질되어 버린다. 그럼에도 불구하고 시인은 "발자국 무성했던" "대지"를 덮는 "첫눈"을 상상함으로써, "한 끼의 마른 흑빵"을 위해 "몸"을 팔고 "영혼마저" 파는 시대에 위로의 "손길"을 건넨다.

송종찬 시의 서정성은 일상에 은폐되어 있는 정치성을 파헤치기보다 그것을 담담하게 바라보는 방식을 통해 생성된다. 가령, "제비꽃"을 파는 "할머니"(「돌아오지 않는 봄」)나 "내란을 등지고 도망쳐 나온 소녀"(「일요일의 평화」)를 원경으로 처리하거나, "열대를 넘어온 열아홉 소녀"(「그리운 열대」)나 "스베타"(「스베타」)를 처연한 시선으로 바라봄으로써, 혁명과 전쟁의 비극성을 드러내고, 교환 세계의 일상을 힘겹게 살아가는 존재들에 대한 연민을 나타내기도 한다.

『첫눈은 혁명처럼』이 펼쳐 보이는 다채로운 풍경들은 그 자체로 낯선 분위기를 환기하면서도, 풍경의 이편에서 그 풍경을 관조하는 화자의 시선과 태도를 현시하기도 한다. 그리고 이런 낯선 풍경 속에서 시인이 발견하는 것은 '그대'의 부재이다.

> 날밤을 새우고 있는 게지
> 사랑을 잃고 밤새 깡술을 마시거나
> 하늘에 잉크를 뿌려놓은 듯
> 만년필을 꺼내 편지라도 써야 하는가
> 은세계 공원으로 가는 다리 위에는
> 수줍게 반달이 걸려 있는데

레닌 동상 너머 태양은 유정처럼 불타고 있다

해가 지지 않았는데 달이 떠오르고

북국에서는 밤도 사무쳐온다

달무리에 젖어 드는 저녁놀

겨울을 생각하면 잠들지 못하겠더라

밤 기차는 갈비뼈를 흔들며 지나고

하늘에 매달려 천장화를 그리고 있는 듯

지평선 위 구름에 번지는 파스텔화

천지창조 같은, 눈이 멀도록

그대를 생각한다는 것   (송종찬, 「백야」)

"백야"는 해가 뜨지 않는 겨울과 함께 북국의 독특한 계절감을 드러낸다. 그것은 "반달"과 "유정처럼 불타"는 "태양", "달무리"와 "저녁놀"이 공존하며, 낮과 밤이 겹치는 착란의 상태를 불러일으킨다. 이런 기묘한 밤 시간 화자는 잠들지 못한 채 "생각"한다. 화자는 "사랑을 잃고 밤새 깡술을 마시거나", "편지"를 쓰던 불면의 밤들을 떠올린다. 그리고 불면의 밤을 지배했던 상실의 기억들은, "밤 기차"가 "갈비뼈를 흔들며" 지나가듯, 의식의 심층을 흔들어 놓는다. 이런 상념들은 "그대"에 대한 "생각"을 촉발한다. "천지창조 같은" 경이로운 "저녁놀"을 오래도록 바라보듯, '그대'에 대한 생각은 "눈이 멀도록" 이어진다. "북국"의 밤이 사무쳐오는 것은 부재의 무게와 생각의 절실함 때문일 것이다.

「백야」의 화자가 잠들지 못한 채 "그대"를 생각하듯이. 「혹한, 새벽은」에서는 "영하 삼십도 혹한의 새벽녘"에 "당신의 맥박을 그리워"하기도 한다. '그대'는 「그대의 공화국」에서처럼, 부인할 수 없으며, 잊을 수도 없는 존재이다. 송종찬의 시에서 '그대'는 생각과 그리움의 대상이지 감각의 대상이 아니다. 그의 시에서 '그대'는 이미 떠났거나 아직 오지 않는, 부재의 형식으로 현현한다. 늘 '부재'한다는 점에서 '그대'는 육화될 수 없는 존재이며 자아에게 속하지 않는 타자이기도 하다. 그러므로 '그대'라는 2인칭은 텅 빈 기호에 가깝다. 그것은 "손에 잡힐 듯 잡힐 듯"하지만, 다가가면 "그만큼 멀어져"(「지평선은 없다」) 간다. 지평선이 "넘을 수 없는 선"이자 "벽"이라면, "그대"는 지평선 "그 너머에서 가물거리는" 존재인 것이다.

'그대'는 송종찬 시의 지향점이자 가 닿을 없는 소실점이다. 그 부재와 결핍이 충족될 수 없을 때, 그 공허를 견디는 것도 허무를 건너는 하나의 방편임을 시인은 깨닫는다. 혹독한 겨울의 끝에서 "겨울보다 더 캄캄해"(「겨울을 건너는 법」)지는 것을 깨닫듯이, "도무지 끝날 것 같지 않은 겨울밤"(「대륙의 밀실」)을 건너기 위해 스스로 "어둠"이 되기를 선택하기도 한다. 스스로 깊어져 '그대'의 부재를 견디려는 서정적 화자의 분투는 러시아 시편들이 얻은 시적 성과로 새겨볼 만하다.

송종찬의 시에서 '그대'의 부재는 한편으로는 시적 화자의 홀로 있음을 환기한다. '그대'의 부재와 홀로 있는 자아의 상응관계는 송종찬 시의 의미 구조 형성하거니와, 홀로 있는 자아에 대한 성찰은 자주 시의 모티

브로 작용하기도 한다. 홀로 있음은 어떤 존재의 부재로 인한 결핍의 상
태이면서 단독자로서 인간이 지니는 근원적인 존재조건이기도 하다. 현
대의 경험 일반이 고향 상실의 구조를 지니며, 근원 공간에서 분리된 자
아는 근본적으로 고독할 수밖에 없는 존재일 것이다. 송종찬의 시에서
홀로 있는 자아에 대한 성찰은 실존적 상황과의 갈등을 내포하기도 한
다.

가령, "아내가 없는 날" 혼자 "찬물에 밥"을 말아 먹는 「성찬」의 시적 상
황은, 그 자체로 송종찬의 시가 일상생활에서 어떻게 솟아나는지를 가
늠하게 한다.

이런 날은
감나무 위로 먹구름이 지나듯
어릴 적의 고요가 가슴에 젖어들고
석양의 개펄 위를 날던 철새 울음이
눈가에 얼비쳐오기도 하는데

아득한 등피 아래서
나는 성자처럼 밥을 먹고
내가 비워낸 빈 그릇은
내 얼굴을 담고

이런 날은

밥 그릇 속 낟알들이 모래만 같아

한 마리 낙타처럼

언덕을 넘어가기도 하는데 (송종찬, 「성찬」 부분)

아내가 없는 날 화자는 혼자 늦은 점심을 먹는다. 불현듯 "어릴 적의 고요"와 "철새 울음"이 찾아오는 "이런 날", 화자는 "빈 그릇"에 비친 자신의 얼굴을 발견한다. 시인은 이 특이한 성찰의 순간을 "내가 비워낸 빈 그릇"이 "내 얼굴을" 담는다고 표현한다. 또 "이런 날" "낟알"이 모래처럼 느껴질 때, "언덕을 넘어"가는 한 마리의 "낙타"를 상상하기도 한다. 일상의 굴레를 벗고 초췌한 "성자"의 고독한 순례를 상상하는 장면은 일상의 공간에서 송종찬의 시가 생성되는 지점을 짐작케 한다.

송종찬 자신이 "시인이 아니라 속인"이라고 말할 때, 그 말에는 온전히 시만을 사유할 수 없는 생활의 굴레에 대한 자조가 섞여 있기도 하다. 그러나 세 번째 시집에 이르기까지의 완만한 여정에는 시에 대한 열망과 고민이 녹아있음을 가늠할 수 있다. "투명한 어항"에서 "감감한 심해"를 떠올리고 다시 "하늘로 솟구쳐" 오르는 "고래"(「회사」)를 상상하는 장면을 되새기며, '속인'과 '시인'의 갈등과 긴장 사이에서 '가장 멀리, 오래 가는 시'가 생성될 수 있음을 생각해본다.

3부

슬픔의 응결과 허정의 시세계

이형기는 1950년에「문예」지를 통해 문학 활동을 시작했다. 그때의 나이가 17세. 흔치 않은 경우이기에 당시 이형기는 문단의 천재로 일컬어지기도 했다. 1963년에 발간된『寂寞江山』은 그의 첫 시집이자, 초기시의 시세계를 대표한다. 이후 그는『돌베개의 시』(1971),『꿈꾸는 루魁』(1975),『풍선심장』(1981),『보물섬의 지도』(1985) 등의 시집을 상재했다. 세계와의 부조화, 음산하고 암울한 후기의 시세계와는 달리,『적막강산』을 전후로 한 이형기의 시는 동양적이고 조화로운 서정성을 특징으로 한다. 일반적으로 청년기의 시들이 청춘의 불안과 고통, 세계와의 불화로 현상하다가, 노년기에 이르러 시적 인식과 방법이 완곡해지거나 관조적인 경향으로 바뀌는 것이라면, 이형기의 시세계는 정반대의 경로를 밟아 왔다고 할 수 있다.

1950년 6월에「강가에서」로 추천 완료 되었으니 이형기의 문학 활동은 전쟁과 함께 시작된 것이나 마찬가지였다. 그러나 그의 시에는 전쟁의 흔적이 전혀 나타나지 않는다. 1950년대 문단을 지배했던 전후의 폐허 의식과 모더니즘적 경향이 전혀 나타나지 않는다는 점 역시, 시인이 자신의 시세계와 방법에 대해 확고한 자의식을 지니고 있었음을 반중한다.

이형기 시의 서정성은 근원적인 '슬픔'에서 출발한다. 그리고 이런 슬픔의 정조는 화자의 심정을 직접 토로하는 방식이 아닌 자연 사물에 투영됨으로써 드러난다.

나무는
실로 운명처럼
조용하고 슬픈 姿勢를 가졌다. 「나무」 부분

자연 사물들을 통해 자신의 서정을 투영하는 것은 서정시 일반의 방법이기도 하지만, 이형기 시에서는 자연 사물과의 교감이 두드러지게 나타난다. 「나무」에서 '나무'의 자세는 조용하고 슬픈 것이라 파악되며, 이는 나무라는 자연물에 자아의 내적 경험이 결합된 것이라 할 수 있다. 부동의 수직적 존재인 나무는 기다림 혹은 외로움을 표상한다. 시인은 나무의 속성으로부터 '슬픔'을 나무의 운명으로 유추한다. 운명적인 슬픔은 이형기 시에서 시적인 것의 출발점이다. 그러므로 이형기의 시에서 슬픔은 즉자적인 것이며 생득적인 것이다. 그것은 희구하는 것의 부재나 상실이라는 상대적인 것이 아닌, 체험 이전에 서정적 자아를 구성하는 절대적인 것이다.

이런 슬픔의 정조는 조락과 소멸을 배경으로 하여 더 큰 울림을 얻는다. 『적막강산』의 시편들에는 저무는 날, 지는 꽃잎 등 소멸을 환기하는 시어들이 자주 등장한다. 이들은 일몰을 시간적 배경으로 하며 저무는 날의 적막감 혹은 애잔함이 묻어나는 서러운 풍경을 구성한다. 「나무」, 「마을길」, 「소를 몰고 간다」, 「風景에서」, 「비오는 날」, 「木蓮」 등에서 '저물다', '기울다', '지다' 등 소멸을 드러내는 동사들은 각각의 시에서 서러운 정서 상태를 환기한다. 날이 저무는 때는 휴식의 시간이라기보다는 소멸과 고요한 서러움이 배어 나오는 시간들이다.

> 해질 무렵 청산에 기우는
> 한결 서운한 그늘인채로
>
> 너는 조용한 湖水처럼
> 운다
> 木蓮꽃   (「木蓮」 부분)

이 시는 해질 무렵의 봄 풍경을 간결한 언어와 호흡으로 형상화한다. '해질 무렵'의 시간은 목련꽃의 울음이 번지는 배경이 되며, 한 행으로 처리된 '운다'에 의해 서럽고 서운한 시적 정서는 한껏 고조된다. 이런 슬픔의 정황은 결코 소란하지 않다. 목련이 지는 모습 역시 '고요한 호수'로 비유되고 있어 그 적막이 두드러진다. 석양을 배경으로 한 목련의 고요한 낙화가 그려내는 풍경은 그 자체로 읽는 이를 스스로의 내면에 침잠하게 한다. 이형기의 시에서 울음은 슬픔이 표출되는 하나의 방식이자 독특한 의미를 지니기도 한다.

　누워서 높이 울어 흡족한 (「들길」 부분)

　산은 멀리 물러 앉아 우는데 (「비」 부분)

　운다는 것이
　도리어 한오리 바람으로 통하는 (「風景에서」 부분)

　한 없이 나를 울렸나 보다 (「草上靜思」)

　서정적 자아에게 있어 슬픔이 그 존재 형식이라면, 울음은 그것의 표현 방식이다. 서정적 자아가 자기 존재, 혹은 사물의 존재를 확인하는 계기는 울음이다. 위의 부분 인용된 시들에서 울음은 서정적 자아나 사물이 자기를 확인하는 언어라 할 수 있다. '그저 열심히 열심히 우는' 것이 생명의 법칙인 봄밤의 귀뚜리처럼, 울음은 서정적 자아가 본래적으로 지니고 있는 슬픔을 표현한다.

　그러나 문학에서 슬픔은 목 놓아 울 때가 아니라 속으로 울음을 삼킬 때 더 고조되기 마련이다. "그러기에 더욱/흐느끼지 않는 설움 홀로 달래며/목이 가늘도록 참아 내린다."(「코스모스」)에서처럼, 슬픔의 절제는 코스모스라는 사물의 속성을 적절하게 표현하기도 하지만 더욱 큰 슬픔을 파생시킨다. 슬픔의 표현 방식인 울음이 '눈물'로 대체될 때 슬픔은 시적 상징으로 승화된다. 그를 통해 이형기의 시는 슬픔의 절제와 내면의 성숙이라는 의미를 획득한다. 울음이 청각적 속성을 지니는 것과는 다르게 눈물은 '맺힘'으로써 응결의 이미지를 지닌다.

가야 할 때가 언제인가를
분명히 알고 가는 이의
뒷모습은 얼마나 아름다운가.

봄 한 철
격정을 인내한
나의 사랑은 지고 있다.

분분한 낙화……
결별이 이룩하는 축복에 싸여
지금은 가야 할 때,

무성한 녹음과 그리고
머지않아 열매 맺는
가을을 향하여

나의 청춘은 꽃답게 죽는다.

헤어지자
섬세한 손길을 흔들며
하롱하롱 꽃잎이 지는 어느날

나의 사랑, 나의 결별,
샘터에 물 고이듯 성숙하는
내 영혼의 슬픈 눈.　　(「落花」)

　　이 시기 이형기의 대표작이라고 할 수 있는 「낙화」는 꽃이 지는 것에
이별의 아픔을 투영한다. 이 시에서 낙화가 지니는 조락과 소멸의 이미
지는, '가야 할 때'를 알고 떠나는 순리의 아름다움이라는 의미를 지니게
된다. 녹음과 결실에 대한 예감은 '분분한 낙화'를 슬픔이 아닌 축복으로
대체한다. 이런 '낙화'→'결실'이라는 자연 현상에 이별의 슬픔이 겹쳐지
면서, 인생과 자연에 대한 성찰적 태도가 완성된다. 서정적 자아의 사랑
과 청춘은 "나의 사랑은 지고 있다"나 "나의 청춘은 **꽃답게** 죽는다"에서
처럼 식물의 상상으로 사유된다. 인간적 실연과 청춘의 소멸은 고통이
자 슬픔이지만, 그것은 영혼의 성숙을 예비하는 것이다. 가야할 때가 언
제인가를 아는 떠남과 슬픔을 수용하는 자세는 슬픔에 대한 시적 인식
을 수반한다고 할 수 있다. 이런 시적 인식은 이 시의 마지막 연에서 중

폭된다. '샘터에 물'과 '슬픈 눈'의 결합은 일차적으로 눈물의 맺힘을 암시한다. 그리고 이런 눈물의 맺힘은 '고이듯'에 의해 영혼의 성숙으로 이어진다. 사랑이 지고 청춘은 죽지만, 그 조락과 소멸은 낙화가 녹음과 열매를 향함과 마찬가지로 삶의 완숙으로 향한다.

　이별과 슬픔, 청춘과 성숙 등 관념적인 시적 소재를 다루면서도 이형기의 시가 정서적 울림을 지닐 수 있는 것은 그의 시적 상상력이 자연 사물과의 교감에서 출발하기 때문일 것이다. 그의 시에 나무, 꽃, 산, 들, 비 등의 자연 사물이 거의 빠짐없이 등장하기도 하지만, 정서를 자연 사물에 의탁해 표현하는 방법은 그의 시가 감정의 과잉 노출로 흘러가는 것을 막는 시적 기제이기도 하다. 나아가 그의 시는 자연 사물에서 삶의 가치나 의미를 발견해냄으로써 전통적인 서정시의 인식태도를 견지하기도 한다.

　　산은 조용히 비에 젖고 있다

　　밑도 끝도 없이 내리는 가을비

　　가을비 속에 鎭座한 무게를

　　그 누구도 가늠하지 못한다

　　表情은 뿌연 視野에 가리우고

　　다만 윤곽만을 드러낸 山

　　千年 또는 그 이상의 歲月이

　　오후 한 때 가을비에 젖는다

이 深淵같은 寂寞에 싸여

조는 둥 마는 둥

아마도 반쯤 눈을 감고

放心無限 비에 젖는 산

그 옛날의 激怒의 기억은 간 데 없다

깍아지는 絶壁도 앙상한 바위도

오직 한가닥

완만한 曲線에 눌려버린 채

어쩌면 눈물어린 눈으로 보듯

가을비 속에 어룽진 윤곽

아아 그러나 지울 수 없다   「산」

이 시에서 '산'은 기암절벽의 산이 아니다. 비에 젖어 가는 산은 완만한 곡선을 지닌 노령의 산이다. 분방한 젊음의 시절로 풀이되는 '옛날의 激怒의 기억'조차 지니지 않은 산의 모습은 쇠락의 상징으로 읽히기도 한다. 특히 '千年 또는 그 이상의 歲月'이 가을비에 젖는 처연한 모습은 슬픔의 정서를 유발한다. 시인의 눈물어린 시선은 이 시에서 배어 있는 쇠락과 소멸에 대한 '내적 반응'이라고 할 수 있다.

격노의 기억도, 절벽도, 앙상한 바위도 한 가닥의 완만한 곡선으로 갈무리한 '산'의 풍모는 늙은 은자의 모습을 닮아 있다. 젖어 가는 것에 대해 방심무한한 '산'의 태도는 오히려 천년 세월의 무게를 느끼게 한다. 산의 형태 역시도 가을비에 가려 신비로운 것으로 표현된다. 흡사, 선으로 사물의 형태와 질감을 표현하는 동양화에서처럼, 산은 그 '무게'와 '표정'을 드러내지 않고 아련한 윤곽만으로 존재한다. 그 양태를 가늠할 수 없기에 산은 더욱 신비로운 것으로 다가온다. 시인은 그러한 산의 모습을 지울 수가 없다고 말함으로써 산의 모습 속에서 어떤 경지를 발견하고 이를 내면화하고자 한다. 이 시에서도 「낙화」와 마찬가지로 조락과 소멸은 존재의 완성으로 향하고 있다. 또한 가을비, 눈물 등에서 유발되는 슬픔이 정서적인 배음으로 깔려 있기도 하다. 그러나 산의 처연함 속에서 보다 높은 가치를 발견하고 이를 자기화하려는 시인의 태도는, 슬픔의 정조마저 내면화하는 성숙한 시적 태도를 드러낸다고 할 수 있다.

자연과의 동화나 친화 혹은 자연에 대한 수용적 태도는 곧 자아의 내적 성숙, 슬픔의 승화를 가능케 하며, 이는 '放心無限'한 山의 태도와 같은 '비어있음'을 닮아 가려는 자세이다. 이형기의 시에서 '비어 있음'은 대상이나 세계와의 조화를 위한 전제 조건이다. 무엇보다도 비어 있음은 대상에 대한 종교적인 태도를 유발한다. '내 마음은 항아리처럼 비어있고'(「頌歌」)나 '나의 마음은 비어 있고' 혹은 '비어 있는 내 마음의 渴求의 標識'(「창·2」)에서처럼 화자는 '너'를 위해 자신의 마음을 비우고 그 마음이 '너'로 인해 채워지기를 열망한다. 이때의 비어 있음은 결핍이 아닌, 대상을 완전히 자기화하기 위한 경건한 예배와도 같은 것이다. 이렇게 한 대상을 수용하기 위한 자기 비우기가 다소 열띤 태도라고 한다면, 세계와 조화를 이루기 위한 비어 있음은 관조적이고 정적인 측면을 지닌다.

> 텅 빈 내 꿈의 뒤란에
> 시든 잡초 적시며 비는 내린다
> 지금은 누구나
> 가진 것 하나하나 내놓아야 할 때
> 풍경은 正座하고
> 산은 멀리 물러앉아 우는데
> 나를 에워싼 寂寞江山
> 그저 이렇게 저문다
> 살고 싶어라   (「비」부분)

「비」에는 비오는 날의 풍경이 지니는 고적함과 그 곳에서 살고 싶다는 서정적 자아의 소망이 단아한 어조로 표현되고 있다. 텅 비어 있는 화자의 내면과 그를 둘러 싼 적막강산의 고요함은 조화로운 풍경을 이룬다. 비어 있음이 허전함이 아닌 내밀함을 의미한다고 할 수 있다. 흡사 '放心無限'한 산의 자태가 초탈의 경지를 보이듯이 '적막강산'은 그 고요함으로 인해 서정적 자아가 지향하는 시적 공간이 된다. 가진 것을 모두 내놓고 적막강산에서 살고 싶다는 화자의 소망은 세계와의 조화 가능성과 자연과의 합일을 꿈꾸는 동양적 사고방식을 드러낸다고 할 수 있다. 시집의 제목이 '적막강산'이라는 점에 다시 주목하면, 결국 이 시집의 정신

세계가 지향하는 바가 바로 무욕과 虛靜의 비어있는 세계, 즉 자연이라는 점이 드러난다고 할 수 있다.

그러나 이런 조화로운 삶에의 가능성은 점차 부정된다. 시인이 살아가야할 근대적 삶의 본질은, 현실적으로는 자연과의 영속적인 공존을 파괴함으로써만 가능한 것이다. 그리고 이를 누구보다도 먼저 깨달은 사람은 시인 자신이다.

> 詩를 쓰지 못하는 詩人은
>
> 山을 보며 산다.
>
> 들을 보며 산다.
>
> 아니 실은 그러려면서
>
> 郊外 厚生住宅
>
> 뜰악을 거니는 시인의 朝夕 (「詩를 쓰지 못하는 詩人 2」 부분)

이 시는 시집 『적막강산』에 수록된 마지막 작품이다. 한 시집의 마지막 작품을 다음 시집의 시세계와 연결지어 살피는 것은, 오늘 신문의 사회면을 내일 신문의 1면과 연결하는 것처럼 보일 수도 있다. 하지만 이 시는 이형기의 이후 시적 행보를 가늠하게 하는 징후적인 작품이다. 시인이 시를 쓰지 못하는 것은 『적막강산』이 표상하는 시세계의 한계에서 비롯된다. '실은 그러려면서' 후생 주택의 뜰을 거니는 시인의 모습은,

자연 사물과 교감하는 전통 서정에 안주할 수 없는 자아상에 다름 아니다. 이런 위기의식은 이후 이형기의 새로운 시세계를 개척하는 단초가 되었을 것이다. 등단 이후 13년을 지탱해 온『적막강산』의 전통적인 시세계는,『돌베개의 시』를 지나며 세계와의 갈등을 모티브로 하는 후기 시세계의 전개로 변화한다.

이형기의『적막강산』이 전통적 서정시의 흐름 속에 놓여 있음은 그의 시가 바탕으로 삼고 있는 슬픔의 정조와 그 표현 방식, 그리고 자연·세계와의 친화라는 시적 특성과 깊은 관련이 있을 것이다.『적막강산』의 시편들은 슬픔을 그 주된 정조로 삼되 그 슬픔을 드러내는 다양한 방식을 통해 슬픔의 의미를 확산시키거나 승화시킨다. 특히, 슬픔의 새로운 통찰과 자연과의 친화나 동화를 통해 내적 성숙의 계기를 발견하는 탁월한 성취를 보이기도 한다. 결국, 이형기의『적막강산』에는 전통적 서정의 세계를 바탕으로 이형기의 시적 방식과 미의식의 추구가 드러나고 있다고 할 수 있다. 이런 측면은 모더니즘이 주류로 등장한 당시의 문단적 상황을 고려해 보면 상당히 의미있는 성과라 할 수 있다.

그러나『적막강산』의 시편들이 자연 사물과의 교감이라는 전통적인 시의식에 기반한다는 점은, 이후 새로운 시학으로 급격히 쏠리는 계기가 되기도 한다. 현대시에 있어서 의미와 정서의 보편성은 장점보다는 단점으로 작용할 여지가 크다는 사실과, 서정적 자아와 세계의 조화로운 공존이 불가능해진 현실 상황은『적막강산』의 시세계가 존속되기 어려운 근본 원인이라 할 수 있다.

절망과 허무, 폐허의 시의식

    박인환은 '마리서사' 시절로부터 〈신시론〉, 〈새로운 도시와 시민들의 합창〉, 〈후반기〉의 동인을 거쳐 '명동백작' 시절에 이르기까지 1950년대 문학의 첨단에 서 있었던 인물이다. 분방하고 거칠 것이 없었던 기질, 짧지만 화려했던 생애, 갑작스런 죽음, 「목마와 숙녀」 혹은 「세월이 가면」의 대중적 인기는 동시대의 시인들보다 박인환이라는 존재의 부피를 부풀리는 요소들이었다. 반면, 박인환과 함께 『새로운 도시와 시민들의 합창』에 참여했던 김수영은 박인환의 시를 '신문 기사만도 못한 시'라고 혹평했으며, 이런 신랄한 비판은 이후 유난히 엄격한 문학사적 평가의 준거가 되기도 하였다. 그러나 작가의 삶이 문학적 평가의 기준이 될 수 없듯이, 박인환을 둘러싼 무수한 일화가 문학적 성과를 대신할 수 없음은 물론이다. 박인환의 시에 대한 문학사적 좌표 설정과 시세계의 가치를 판단하는 데에 있어, 박인환의 『박인환 선시집』은 유일한 척도가 될 수밖에 없다.

    『박인환 선시집』은, '서적과 풍경', '아메리카 詩抄', '영원한 序章', '抒情 또는 雜草' 등 총 4부로 구성되어 있다. 1부는 모더니즘 경향의 시들과 절망적이고 허무적인 시 의식이 드러나고 있는 작품들로 구성되어 있으며, 2부는 1955년의 미국 기행 시편들로 구성되어 있다. 3부에는 전쟁 체험을 바탕으로 한 작품들이 실려 있으며, 4부는 6·25 이전에 쓰인 서정 단편들로 구성되어 있다. 시집의 〈후기〉는 박인환의 시대 인식과 문학 행위의 의미를 밝히고 있다는 점에서 주목된다. 박인환은 시집의 제목을 '검은 峻烈의 時代'로 하려 했다는 점을 밝히고 있다. 시집 제목이 '선시집'으로 바뀌게 된 이유는 분명치 않지만, 그가 원래 제목으로 삼으려 했던 '검은 준열의 시대'에는 시집에 관류하는 박인환의 시대 인식의 일단이 암시되어 있다고 할 수 있다.

> 나는 10여 년 동안 시를 써 왔다. 이 세대는 세계사가 그러한 것과 같이 기묘한 불안정한 연대였다. 그것은 내가 이 세상에 태어나고 성장해 온 그 어떤 시대보다 혼란하였으며 정신적으로 고통을 준 것이었다. (〈후기〉)

인용문에서처럼 박인환은 자신이 문학 활동을 해 온 시대가 혼란과 고통의 시기였음을 토로한다. 그리고 이런 시대를 살면서 자신의 문학 행위를 통해, "우리가 걸어 온 길과 갈 길 그리고 우리들 자신의 분열된 정신을 우리가 사는 현실 사회에서 어떻게 나타내 보이며…(중략)…불안과 희망의 두 세계 사이에서 어떠한 것을 써야 하는가를 항상 생각"해 왔다고 말한다. 박인환의 시가 이런 〈후기〉의 문제의식에 부합하는가도 중요한 문제이지만, 불안정한 시대를 문학을 통해 살아내려 했던 박인환의 내적 고투가 드러난다는 점에서 눈여겨볼 만한 부분이다.

문학에 관심이 없는 사람이라도 그 첫 구절쯤은 암송할 수 있을 정도로 「목마와 숙녀」는 대중적 인기를 누려 왔다. 이 시는 노래로 불린 「세월이 가면」과 함께, 문학소년, 혹은 문학 소녀였던 사춘기 시절로 이끄는 감성적 일탈을 제공한다. 그것은 이 시의 내용보다는 이 시를 둘러싸고 있는 독특한 분위기 때문이라고 할 수 있다. 시에 등장하는 '술과 별', '문학과 인생', '허무', '죽음', '페시미즘', '숙녀와 목마'라는 각각의 시어가 자아내는 독특한 분위기는 그 의미의 정확한 파악에 앞서 우리를 아련한 감상의 세계로 이끄는 것이다.

한잔의 술을 마시고

우리는 버어지니아·울프의 生涯와

木馬를 타고 떠난 淑女의 옷자락을 이야기 한다

木馬는 主人을 버리고 거저 방울 소리만 울리며

가을 속으로 떠났다 술병에서 별이 떨어진다

傷心한 별은 내 가슴에 가벼움게 부숴진다

그러한 잠시 내가 알던 少女는

庭園의 草木 옆에서 자라고

文學이 죽고 人生이 죽고

사랑의 진리마저 愛憎의 그림자를 버릴때

木馬를 탄 사랑의 사람은 보이지 않는다

세월은 가고 오는 것

한때는 孤立을 피하여 시들어 가고

이제 우리는 작별하여야 한다

술병이 바람에 쓰러지는 소리를 들으며

늙은 女流作家의 눈을 바라다 보아야 한다

……燈臺에……

불이 보이지 않아도

거저 간직한 페시미슴의 未來를 위하여

우리는 처량한 木馬소리를 記憶하여야 한다.

모든 것이 떠나든 죽든

거저 가슴에 남은 희미한 意識을 붙잡고

우리는 버어지니아·울프의 서러운 이야기를 들어야 한다

두 개의 바위 틈을 지나 靑春을 찾은 뱀과 같이

눈을 뜨고 한잔의 술을 마셔야한다

人生은 외롭지도 않고

거저 雜誌의 表紙처럼 通俗하거늘

한탄할 그 무엇이 무서워서 우리는 떠나는 것일까

木馬는 하늘에 있고

방울 소리는 귓전에 철렁거리는데

가을 바람 소리는

내 쓰러진 술병 속에서 목메어 우는데 (「木馬와 淑女」)

이 시에 사용된 현란한 시어들은 의미의 수렴보다는 이미지의 확산을 유발한다. 이 시의 중심 의미는 '모든 떠나가는 것에 대한 애상'이라고 할 수 있겠지만, 시의 각 행들은 의미의 연관성보다는 애상적인 분위기를 연출하는 데 기여한다. 이는 일관된 비유체계를 통해 시적 의미를 구현하기보다는, 우연적인 의미의 결합을 노리는 박인환의 시적 방법과 관련이 있는 듯하다. 박인환의 시어는 관념이나 감정을 사물과 결합시켜 병치함으로써 의미의 상호침투를 유발하는 방식으로 구성된다. 이러한 언어 사용은 새로운 이미지를 환기하거나 예상 밖의 의미를 유발하기도 하지만, 의미의 연관이 느슨해지거나 이미지의 내적 일관성이 무너짐으로써 시적 질서를 상실하는 결과를 낳기도 한다.

나는 고독한 아킬레스처럼/불안의 깃발을 날리는/땅 위에 떨어졌다. (「낙하」1연)

회상의 起源/오욕의 도시/황혼의 망명객 (「最後의 會話」3연)

나의 불운한 편력인 일기책이 떨고/그 하나하나의 지면은/음울한 회상의 지대로 날아갔다 (「세 사람의 가족」4연)

위에 인용된 작품들은 그 의미의 파악이 매끄럽지 않고 불투명하거나 장식적인 비유가 사용된 경우들이다. 사물이나 관념은 그 의미의 폭이

너무 커, 의미나 이미지의 연관성을 찾기가 어렵기도 하다. "아킬레스처럼 떨어지다"의 모호함이나 "불안의 깃발", "회상의 기원", "회상의 지대" 등과 같은 장식적 표현은 그것이 환기하는 의미나 이미지를 불명확한 것으로 만든다. 연관성이 희박한 시어들의 결합은 낯선 감각을 형성하기도 하지만, 시의 내적 질서를 훼손함으로써 의미의 재구성을 방해한다. 박인환은 의미나 이미지의 결속보다는, 관념과 사물 혹은 이미지들의 비일상적인 결합을 통해 의미의 자유로운 확산을 꾀했던 것으로 보인다. 「목마와 숙녀」의 시어들은 이런 시적 방법과 언어의 사용이 비교적 성공적으로 나타난 경우라 할 수 있다. 일정한 의미의 재구성이 가능하며, 모호한 구절이 없는 것은 아니지만 세련된 이미지의 병치나 언어 감각이 드러난다. "술병에서 별이 떨어진다/상심한 별은 내 가슴에 가볍게 부서진다"나 "가을 바람 소리는/내 쓰러진 술병 속에서 목메어 우는데"에서처럼, 효과적인 감각의 주조는 탁월한 시적 표현이라 할 수 있다.

이 시는 일관되게 허무와 애상의 정조를 유지하면서도 정서의 구체적 감각화에 성공하고 있다. 이 시에 흐르는 허무와 절망의 애상적인 분위기는 '모든 떠나가는 것에 대한 애상'으로 수렴된다. "떨어지다", "떠나다", "죽다", "시들다", "쓰러지다" 등은 추락 혹은 소멸의 의미를 환기하며, 이 시의 지배적인 정서인 허무와 절망의 분위기를 형성한다. "우리"로 지칭되는 서정적 자아는 술을 마시고, 불행했던 여류 작가의 삶을 회상한다. 술을 마셔야만 견딜 수 있는 폐허의 시대가 박인환의 세대가 직면한 일상이었다면, 세상을 등진 채 은둔하다 자살한 여류작가는 당대 현실을 망각할 수 있는 가장 낭만적인 비상구였을 것이다. 이런 염세적 태도는 곧 "문학이 죽고 인생이 죽은" 시대에 존재가 지닐 수밖에 없는 허무의식을 수반한다. 시의 중간에서 "해야 한다"는 행위에 대한 적극적인 의지를 표방하지만, 행위의 대상에 "작별", "처량한 목마 소리", "서러운 이야기"가 자리함으로서 허무와 절망의 적극적인 수용으로 귀결되고 있다. "인생은 외롭지도 않고 통속하다"라는 인생에 대한 객관적 인식이 수용되기는 하지만 그 역시도 이어지는 떠남과 "-데"에서 환기되는 허무적 분위기에 대체되어 버린다. 그러므로 "한탄할 그 무엇이 무서워서 우리는 떠나는 것일까"라는 질문은 모든 것이 떠나는 현상에 대한 확인에 불과한 것이다.

그러므로 "목마"는 있어야 할 것의 부재를 상징한다. "목마"는 떠나 버린 것, 지상에서의 부재, 그 부재를 통해 시대의 황폐함을 환기한다. 피폐한 현실인식과 허무주의인 태도는 무엇보다도 전후의 폐허의식에서 비롯되었다고 할 수 있다. 전쟁 경험에서 파생된 공포와 불안, 폐허의식은 전후 한국 사회의 보편심성을 형성하는 정신적 기제들이었다. 박인환의 시에서 등장하는 불안과 절망의 정서는 이런 폐허 의식의 시적 변용이라 할 수 있다. 「검은 神이여」이나 「미래의 娼婦」에 나타나는 죽음의 이미지들 역시 현실의 불안과 이를 회피하고자 하는 수동적 자아의 내면을 암시한다.

『박인환 선시집』의 또 다른 특성은 서구 지향적 경향이다. 조니 워커와 카멜 담배를 애용했고, 외국 영화에 심취했으며, 서양풍의 멋내기에 몰두하곤 했다는 일화는, 새로운 것 혹은 이국적인 것에 대한 그의 취향을 드러낸다. 해방 직후 시작한 '마리서사'는 박인환의 서구적 취향의 태반으로 여겨진다. 서점의 이름(安西冬衛의 시집「軍艦茉莉」혹은 프랑스의 여류 시인이자 화가였던 마리 로랑생에서 연유했다고 한다.)에 걸맞게 구비되어 있던 책들도 대부분 외국 서적들이어서, 마치 외국 서점에 들어온 것 같은 느낌이 들었다고 한다. 이런 서구 지향은 모더니즘이라는 양식과 결합하며 박인환의 시적 특성으로 자리잡는다. 박인환은 외국의 시론 혹은 시를 통해 자신의 문학적 좌표를 설정하고 '식민지 애가'나 '토속의 시'에 반발하는 모더니즘 시론을 제기한다.

「인간의 조건」의 앙드레 말로

「아름다운 地區」의 아라공

모두들 나와 허물없던 友人

황혼이면 피곤한 육체로

우리의 개념이 즐거이 이름 불렀던

「정신과 관련의 호텔」에서

말로는 이 빠진 情婦와

아라공은 절름발이 사상과

나는 이들을 응시하면서…… (「일곱개의 층계」 부분)

서정적 자아가 "말로"나 "아라공"과 정신적 교류를 가졌다는 언술이외

에, 이들 작가들의 생애와 문학에 대한 성찰은 부재하다. 자아의 정신적
긴장 상태가 결여된 정신적 연대 역시 공허한 것이 되어버린다. '저항'과
'행동', '자유'와 '초현실주의'처럼 거창한 언어들이 실상 허황한 기표에
불과하듯이, 이 시에서 외국의 저명한 작가와 "허물없던 友人"이라는 말
은 허세에 그치고 만다. "불행한 연대"의 삶 속에서 시인은 이들 작가들
을 어떤 맥락에서 바라보고 있으며, 그로부터 어떤 가치를 모색하는지
모호해진다.

　박인환의 문학 세계를 지배했던 서구 지향성은 모더니즘이라는 외피
에 싸여 간과되는 경향이 있다. 그의 시론에서 보이는 전통과의 단절이
나 현대 문명의 비판이 모더니즘의 정신적 태도와 궤를 같이 한다. 그러
나 전통과의 단절이나 문명에 대한 비판이 당대 현실에 대한 치열한 반
성에 출발한 것인지, 이상적 모델로서의 서구를 모방하는 과정에서 파
생된 것인지는 면밀히 살펴봐야할 문제이다. 박인환의 시가 모더니즘의
정신과 방법을 수용하고자 했지만, 한국 사회의 근대성에 대한 미학적
성찰에서 도달하지 못한다는 것은 한계로 지적될 필요가 있다.

　선시집의 2부를 구성하는 미국 기행시편들은 박인환 시의 서구 지향
성이 가 닿은 정신적 좌표를 엿볼 수 있는 작품들이다. 미국에서 박인환
이 발견한 것은 현대성의 구체적 경험이 아니라 고향에 대한 그리움이
었다.

　텔레비젼도 처음 보고

칼로리가 없는 맥주도 처음 마시는

마음만의 紳士

즐거운 일인지 또는 슬픈 일인지

여기서 말해주는 사람은 없다.

夕陽.

浪漫을 연상케 하는 時間.

미칠 듯이 故鄕 생각이 난다.

그래서 몬과 나는

이야기할 것이 없었다 이젠

헤져야 된다.　　（「에베레트의 일요일」 부분）

바람에 날려 온 먼지와 같이

이 이국의 땅에선 나는 하나의 微生物이다.

아니 나는 바람에 날려와

새벽 한 時 기묘한 의식으로

그래도 좋았던

腐蝕된 過去로

돌아가는 것이다.　（「새벽 한 時의 詩」 부분）

낯선 곳에서 느끼는 향수의 감정은 자연스러운 현상이다. 그러나 이 향수의 감정은 다소 복합적인 심리상태를 드러낸다. 「에베레트의 일요일」에서 화자는 "텔레비젼"도 "칼로리가 없는 맥주"도 "처음" 경험한다. 이런 경험은 자신이 "마음만의 신사"라는 자아의 불완전성에 대한 자각을 불러일으킨다. 미국의 대도시에서 명동의 '모던 보이'가 느끼는 존재감은 「새벽 한 時의 詩」의 "미생물"이라는 자의식으로 연결된다. 이런 자괴감이나 열등감은, 화자로 하여금 "부식"되기는 했지만, "그래도 좋았던" 과거로의 회귀를 욕망하게 한다. 과거로의 회귀는 곧 고향으로의 복귀를 암시한다.

그러나 이미 현대로 탈출한 박인환이 돌아갈 고향은 없다. 시에서 고향이 환기하는 것은 향수의 감정일 뿐, 구체적으로 지칭될 수 있는 곳이 아니다. 「고향에 가서」에서 보이듯이 그의 고향은 전쟁으로 파괴되고 옛 모습을 상실한 뒤이기도 하다. 미국 기행시편들은 이제 돌아갈 곳이 없는 박인환의 정신적 좌표를 보여준다. 박인환의 시가 이런 내적인 갈등 상황을 직시하고 천착했더라면, 새로운 시로의 변화가 가능했을 것이다. 이런 점에서 박인환의 이른 죽음은 아쉬움을 남긴다.

관조와 성찰의 글쓰기

이하윤은 김진섭을 기억하는 자리에서, "원고의 필치"까지 "알뜰하고 품위" 있었으며, 술을 좋아했지만 평소엔 "과묵과 신중으로 일관"했던 것으로 술회한다. '단정'과 '품위'로 요약되는 작가의 인상은 그의 글에서도 확인되는 바, 문장은 물론 인식 태도와 서술 방식에 나타나는 품격은 김진섭 수필의 특징이기도 하다. 스스로 밝힌 "온후"와 "과욕"(寡慾)의 성격과 함께, 시속의 변화에 일정한 거리를 두는 문사적 기질과 자기 절제는, "일대의 한학자"였던 부친에게서 받은 한학의 소양에서 비롯되었을 것이다.

일본 유학 시절 접한 외국문학은 한학에 기반한 고전주의적 성향과 함께 김진섭 수필의 토양이 되었을 것으로 추측된다. 김진섭은 일본의 호세이(法政)대학에서 독일문학을 전공하면서 손우성, 이하윤, 정인섭 등과 '외국문학연구회'를 결성하였고, 〈해외문학〉 발행에 참여하기도 하였다. '해외문학파'로 명명된 이들 외국문학 연구자들은 이후에도 학문적인 교류는 물론 인간적인 유대관계를 유지하였다. 최신의 외국문학을 접한 경험과 연구자라는 자의식은 김진섭 수필에 내재하는 도시적 감수성과 취향의 바탕이 되었을 것이다. 또한 전통적인 양식으로 포섭되지 않는 서구의 에세이는 새로운 지식과 감수성을 자유롭게 표현하는 데 적합한 형식이기도 하였다. 가령, 초기 수필「창」에 언급된 화병 손잡이에 대한 짐멜의 사회학적 탐구는 외국 에세이에 대한 김진섭의 독서경험을 암시하며, 구체적인 사물에서 사회 역사적 맥락을 읽어내려는 방법론의 연원을 짐작케 한다.

김진섭은 수필을 현대적인 문학 장르로 정착시킨 인물로 평가된다. 그는 1920년대 중반부터 이백여 편의 수필과 평론을 발표하였으며, 수필집『인생예찬』(1948)과『생활인의 철학』(1949)을 간행하였는데, 양과 질에서 우수한 그의 작품들은 수필문학을 독자적인 장르로 인식하게 되는 계기가 되었다.

청천 김진섭 형이『인생예찬』을 세상에 내놓고,『생활인의 철학』을 출판하고
『교양의 문학』을 간행한 뒤부터 우리나라에서는 참다운 수필 전문가의 명예
를 청천에게로 돌렸다. (박종화,『청천 수필평론집』,「序)」)

김기림은 김진섭에 이르러 수필을 "조반 전에 잠깐 두어 줄 쓰는 글"로 치부하는 생각이 바뀌었다고 평가한다. 김진섭은 수필이 신변잡기나 경험과 지식의 나열로 구성되는 글이 아님을 보여준다. 그의 수필은, "생활"에서 출발해 "사념"으로 발전한다는 박종화의 평가처럼, 구체적인 생활에서 근원적인 가치를 추출하려는 사색의 산물이다. 그러므로 김진섭의 유려하고 장중한 만연체 문장은 이런 사유의 형식이자, 가볍고 재치

있는 문장이 담아낼 수 없는 숙고의 과정을 반영하는 것이라 할 수 있다.

김진섭은 「수필의 문학적 영역」이나 「수필소론」 등의 수필론을 통해 수필의 장르적 특성을 고민하기도 하였다. 그는 "숨김없이 자기를 말하는 것"과 "인생사상에 대한 방관자적 태도"를 수필문학의 본질로 제시한다.

> 수필에 있어서 중요한 특징이 되는 것은 숨김없이 자기를 말하는 것과 인생사
>
> 상에 대한 방관자적 태도, 이 두 가지에 있을 따름이요,(「수필의 문학적 영역」)

수필이 주관적인 감정을 표현하고 자유로운 상상의 논리를 따른다는 점에서, 자기표현은 수필의 출발점이라 할 수 있다. 그러므로 "숨김없이 자기를 말하는 것"은, 개인사의 솔직한 토로보다는 자신의 생각과 경험에 충실해야 한다는 의미로 읽히며, 이는 허구적 자아를 설정하는 시나 소설과의 본질적 차이를 드러내는 것이기도 하다. 실제로 김진섭의 수필에는 1930년대 그가 경험했을 경성의 거리와 일상생활, 외국문학과 지식인 사회가 투영되어 있다. 또한 도시 지식인의 감수성과 취향, 가난한 삼십대 가장의 살림과 자의식의 편린이 녹아있기도 하다. 새로운 근대적 풍경에 대한 매료와 일상을 지배하는 현실적 가치들에 대한 성찰이 혼재하는 수필의 장면들은, 그 자체로 1930년대 지식인의 감각과 태도를 함축적으로 보여주는 것이라 할 수 있다.

이와 함께 김진섭은 대상에 대한 무심한 관조를 수필의 본질로 강조

한다. 그가 말하는 "방관자적 태도"는 시비나 이해를 벗어나 인간과 세계를 조망하는 무목적적인 자세일 것이다. 이런 무심한 관조의 태도는 세속의 변화로부터 일정한 거리를 유지하려 했던 개인적 삶의 태도이자 그의 수필에 내재하는 인식론적 특성이기도 하다. 가령, "나는 이 밤시간을 인생의 방관자로서 가리(街里)의 산보에 보냄을 무엇보다 사랑하는 자이다."(「除夜所感」)에서처럼, 생활의 궤도를 벗어나 방관자로서 거리를 바라보는 자세는 산보나 여행을 할 때, 권태 혹은 우울이나 일상의 변화들에 대한 반응으로 나타난다. 이때의 방관자적 태도는 "평범한 생활"의 "평범함"과 "무감동"을 자각하게 하고, "황망한 생활" 속에서 잠깐의 "해방"을 가능하게 하는 계기로 작동한다.

김진섭의 수필에서 방관자적 시선의 대상이 되는 생활은 구체적인 일상과 인생 전반의 실천 영역을 아우르는 개념이다. 도시인의 생활은 "생활에 지친 우울한 얼굴"이나 "도회인의 우울한 얼굴"로 현상하며, 이는 직업과 문필활동을 병행해야 했던 생활인 김진섭의 자화상이기도 하다. 권태와 우울, 피로와 무감각의 생활을 살면서도 그 일상성에 매몰되지 않고 평범한 일상의 평범함을 깨닫게 하는 데 필요한 것이 방관자적 태도라 할 수 있다. 이런 무심한 시선은 일상에 대해 질문하고 모색하고 반성하는 수필의 근본성격과 연결되는 것이기도 하다. 구체적인 삶을 살피면 학문의 그물로 포착할 수 없는 경험이 허다한데, 수필의 자유로움은 생활에서 출발해 철학적 깨달음을 얻는 데 유용한 것이다. 수필의 무형식이란 시작하고 싶은 곳에서 시작하여 끝내고 싶은 곳에서 끝낼 수 있음을 의미한다. 그러므로 생활에서 착안하여 철학적 성찰로 이어지는 무정형의 의미체계는 김진섭 수필의 특징이며 현대수필의 본질이기도 하다.

생활에서 출발해 삶의 예지를 발견하고, 그를 토대로 생활을 조망하는 과정은 수필이라는 성찰적 글쓰기를 통해 가능한 것이다.

> 나는 흔히 철학자에게 생활에 대한 예지의 부족을 인식하고 크게 놀라는 반면, 농산어촌의 백성 또는 일개의 부녀자에게 철학적인 달관을 발견하여 머리를 숙이는 일이 적지 않음을 알고 있다. 생활인으로서의 나에게는 필부필부의 생활체험에서 우러난 소박, 진실한 인식이 고명한 철학자의 난해한 칠봉인(七封印)의 서(書)보다 훨씬 맛이 있다는 것을 고백하지 않을 수 없다.(「생활인의 철학」)

"일개 부녀자에게서 철학적 달관"을 '발견'하는 것이 김진섭 수필의 탁월함이다. 여기서 철학은 정밀한 개념으로 구성된 사유의 체계이면서 생활에서 얻을 수 있는 지혜를 포괄한다. '생활'이라는 내용을 '철학'이라는 형식으로 포섭하기 위해서는, 생활인의 소박한 언어에서 "철학적 달관"을 읽어내는 관찰자의 명민함이 전제되어야 한다. 생활 속의 철학은 존재하기보다 인식되는 것이며, 여기에 성찰과 관조의 혜안이 필요한 것이다. 결국 수필은 주관의 표현이라는 말은 주체의 성찰적 태도가 어떻게 관철되는가의 문제를 내포하는 것이라 할 수 있다.

해방 이후 김진섭은 수필집과 평론집을 발간하고 대학에서 후학을 가

르치는 일에 몰두한 것으로 보인다. 수필의 사색적 태도와 숙고의 언어는 해방기의 정치적 갈등과 혼란 앞에서 무력할 수밖에 없었다. 주장과 행동의 언어가 득세하는 시기에 수필의 입지가 좁아지는 것은 차라리 자연스러운 일이었다. 이 시기 「이식위천의 설」, 「이발사」, 「금전철학」처럼 어지러운 사회상에 대한 비판적 조망이 없는 것은 아니지만, 교양이나 문화에 대한 원론적이고 정책적인 입장이 표명되는 작품들이 다수를 이룬다.

> 교양은 항상 도상(道上)에 있는 것이요, 목적지를 갖지 않는다. 그것은 영원
> 히 계속되는 과정을 의미할 뿐 어떤 인격을 통해서 낙착된 소유물로서 표현
> 될 수는 없는 것이니, 교양이란 말하자면 운동이요, 생성이요, 과제이기 때
> 문이다. (「교양에 대하여」)

「교양에 대하여」에서 밝히고 있는 '교양'의 본질은 '생활인의 철학'과 일맥상통하는 것이며, 성찰적 글쓰기가 내포한 인식의 태도와도 다르지 않다. 과정으로서의 교양과 마찬가지로, 수필은 판단하여 가르고 결정하여 설득하는 글이 아니라, 사안의 복잡함과 선택의 어려움에 대해 숙고하는 양식이라는 것이다. 「고독에 대하여」에서처럼, 정치적 갈등을 인간 본연의 문제로 환원하는 방식이 얼마나 설득력이 있었는지 의문이나, 끊임없는 성찰의 과정을 내포하는 것이 수필의 본질임을 김진섭은 다시 주장하고 있는 것이다.

해방기 시의 정치학과 내면 풍경

　　최명표의『해방기 시문학 연구』는 해방기라는 단면에 새겨진 시인들의 행적을 따라가며 그들의 정치적 행보와 문학적 선택, 그 원인과 의미를 분석하고 있다. 문학사는 시대와 시대의 연속보다 시대와 시대의 단절을 더 중요하게 다뤄야 한다면, 현대문학사에서 가장 문제적인 장면은 해방기라 할 것이다. 해방기는 식민지체제의 종식과 이를 대체하는 냉전체제로의 편입과정이며, 이는 축제로 시작해 전쟁으로 끝나는 비극적인 파탄의 구조를 지닌다. 해방이 열어놓은 정치적·이념적 가능성은 분단과 전쟁에 의해 급속히 폐쇄되며, 이는 해방기 문단의 형성과 재편에도 지대한 영향을 끼친다. 해방기의 정치적 현실이 그것의 역사철학적 의미와 다른 방향으로 진행되었듯이, 해방기 문단의 재구성 역시 해방의 본질적인 의미와는 다른 차원으로 재구성되는 과정을 겪는다. 그 간극은 어떤 작가들에게는 기회였지만, 또 어떤 작가들에게 치명적인 몰락으로 작용하였다. 최명표의『해방기 시문학 연구』는 그런 역사의 흐름에서 실족한 시인들을 발견해낸다. 그리고 이 비극적 타자들을 정치적 혹은 문학적 실패의 증거로 분석하기보다는 그 행적에서 역사의 격류를 헤쳐 나가려는 시의 모습을 읽어내고 있다.

저자는 이 시기의 시사적 특징을 "시와 정치의 어색한 만남"이라고 규정한다. 해방기의 지배적인 의미소는 정치이다. 실제 '순수문학론'을 포함한 대부분의 문학론이 정치적 속성을 내포하고 있었듯이, 해방 직후 정치 과잉의 시대에 문인들이 단체 활동을 포함해 자신의 문학적 좌표를 정치의 자장 안에서 설정하는 것은 오히려 자연스러운 일이기도 했다. 식민지 시기부터 문학과 현실의 관계를 실천적으로 모색했던 카프 계열의 작가들이 해방기에 보인 정치적 행보는 의문의 대상이 되지 않지만, 1930년대의 '순수문학'이나 '시문학파', 모더니즘 작가들이 선택한 정치적 활동의 이유나 계기는 여전히 합리적인 분석을 요구한다. 저자는 그 변화의 이면에 자리하는 연속성을 발견해내고 이를 통해 해방기 시인의 정치적 행보와 시의 의미를 규명한다.

해방 직후 김기림은 '조선문학건설본부'를 시작으로 '조선문학가동맹'에 이르기까지, 이후 좌익으로 지목된 단체에 가입해 새로운 시론을 발표하고 강연회와 민중계몽 활동에 참가한다. 저자는 김기림의 이런 활동을 "등단 초기에 지녔던 사회와 현실에 대한 관심을 해방기의 특수한 정치적 조건에서 재발견하고 심화"한 결과로 본다. 김기림은 민족국가 수립과 민주주의 옹호라는 거시적 차원에서 정치적 견해를 피력했으며 이런 적극적인 정치활동 와중에도 문학의 본질을 옹호한다. 가령 「우리 시의 방향」에서처럼, 모더니즘을 바탕으로 시대적 현실을 인식하고 문학과 정치의 상관관계를 모색하려는 시도는 식민지 시기부터 견지해온 민중에 대한 관심에서 비롯된 것이며, 이를 토대로 이 책은 김기림을 "당대의 화두였던 민족의 통합과 공동체의식을 최우선 가치로 설정하는 '민족의 시인'이었다"고 평가한다.

해방 직후 김기림이 보인 정치적 행보를 식민지 시기부터 내재되어 있던 정치의식이 발현된 것으로 파악하는 저자의 관점은 흥미롭다. 해방기에 나타난 정치로의 급격한 쏠림 현상은, 정치 참여의 가능성이 열리고 그에 따라 봉인되어 있던 정치의식이 발현된 것으로 보는 것이 타당하다. 문학적 신념이나 세계관의 차원에서 비정치적 태도로 일관한 시인들이 몇이나 있었을까. 일제 강점기의 침묵을 곧바로 정치의식의 부재로 치부하기는 어렵다. 특히 김기림처럼 1930년대 시와 시론에서 식민지의 구체적인 현실을 발견하고 그것을 지적인 비유로 표현한 시인의 경우는 더욱 그러하다. 그러므로 해방 직후 김기림의 정치적 입장은 '선택'된 것이지 '포섭'된 것이 아니며, 그런 '변명'이 지금까지 해방기 김기림의 시론에 대한 해석의 확산성을 가로막는다는 저자의 판단은 의미심장하다.

이 책의 2부는 임화, 정지용, 오장환, 이용악 등 1930년대 시단의 중심이었던 시인들이 해방기를 어떻게 통과했는지에 주목한다. "시적 신념의 일관성을 평가상의 척도로 설정하고, 당해 시인들의 행동과 시작품 간의 상관성을 고려하는데 집중"한 이 책의 구도는, 현상에 대한 정확한 설명과 함께 심층에 자리하는 연속성의 양상을 효과적으로 드러낸다고 할 수 있다. 흥미로운 점은 이 책의 연구대상이 된 작가들이 대부분이 해방과 단정 수립 그리고 전쟁의 역사적 과정에서 남한의 문단에서 사라진 자들이라는 점이다. 이들은 배인철과 한하운에 의해 발견된 흑인과 나환자라는 두 타자처럼, 남한의 문단에서 소거된 문학적 타자들이다. 월북이나 납북, 실종이라는 불온의 꼬리표가 붙거나 문단의 중심에서 주변으로 밀려난 이들은 해방으로 열린 가능성이 급속히 폐쇄되는 과정에서 일그러진 우리 문학의 한 부분이며, 이른바 '문협정통파'라 일컬어지는 문단의 새로운 주체에 의해 은폐된 얼굴이기도 하다. 저자는 이들 시인들의 작품을 그들의 정치적 행적과 연계해 분석한다. 시와 행동 사이의 결락을 메우고 삶과의 조응을 통해 시인의 내면 풍경을 드러내고자 한다. 이런 방식은, 작품을 언어 구조물로 한정지음으로써 해방기의 시를 실패로 규정하는 기존의 결론을 전복한다. 또한 이 시기의 작품들이 지닌 갈등 구조에 주목함으로써 그 정신적 가치를 부각시킨다. 갈등은 해방의 격변을 포착하는 시적 지각의 형식이기도 하다. 박세영의 「委員會에 가는 길」에 드러나는 결연한 의지와 오장환의 「共靑으로 가는 길」에 드러나는 머뭇거리는 표정의 대비는 상징적이다. 이런 발견은 이 시기의 시를 거대담론으로 환원하지 않고 개인적인 신념이나 실존적 상황과의 갈등이라는 구체성 속에서 분석할 수 있게 한다. 오장환의 경우 심리의 저층부에 자리잡은 참여와 머뭇거림이라는 갈등의 양상이 드러난다면, 이용악의 시에서는 정치적 신념과 시적 신념 사이의 갈등이 두드러진다. 해방기 이용악의 시는 급변하는 현장에서 갈등을 겪고 있었으며, 그의 시에서 발견되는 감상성은 시인의 심리적 이완 상태를 반영한다는 것이다. 그리고 이런 감상성의 누출은 서술성에 바탕하여 민족의 비참한 현실을 형상화하던 이용악의 시가 구체적 묘사를 포기하게 되자 비롯된 것이라 할 수 있다. 그 결과 초기시에 나타나던 치기어린 감상성과 관념성이 되살아난다는 분석은 그 자체로 흥미롭다.

연구자의 혜안은 지속이 내포하는 변화를 포착하고 변화의 기저에서 연속성을 발견해야 한다는 점에서, 해방기 시인들의 시론과 시세계를 정치로의 급격한 경사로 치부하지 않고, 식민지 시기의 시론과 시에서부터 그 현실지향성을 추론해내려는 이 책의 기본 관점은 새겨볼 만하다. 다만 해방기는 해방부터 단정 수립 혹은 전쟁까지의 짧은 기간을 지칭하지만 이 기간의 정치적·사회적 지형이 결코 균질적이지 않았다는 점은 적극적으로 고려되어야 한다. 해방과 군정, 단정과 분단의 과정에 따른 이데올로기 지형의 변화는 문단의 재구성에도 엄청난 영향을 준다. 이런 일련의 과정 중에 형성된 이념 갈등은 해방 직후부터 내재해왔던 세대 갈등과 문단 재편과 맞물리며 증폭된다. 그 결과 단정 수립 이후 해방기 좌익으로 지목된 단체에 가입했던 문인들에 대한 압박이 강화된다. 특히 국민보도연맹과 같은 전향 제도에 의한 이념적 고해성사는 그 맥락을 따져 분석해볼 필요가 있다. 김기림이나 정지용이 월북문인에게 보낸 편지나 〈국도신문〉에 게재된 기행문이나 기고문 등 전향 이후에 발표한 글의 경우 이런 상황을 고려한 접근이 반드시 필요하다. 이런 글들에 드러나는 이념적 성찰이나 자기반성은 거기에 작용한 제도의 압력을 계산하고 읽어야 한다. 그러므로 김기림의 시조 부활론과 같은 전통의 발견은 그간 내재되어 있던 관심이 발현된 것일 수도 있지만, 이데올로기라는 압력에서 비롯된 탈이념지향의 결과로 해석할 수도 있을 것이다.

이 시기 시인들의 행적을 문학적 실패로 보지 않고 보다 적극적인 의미와 긍정적인 가치를 부여하는 태도 역시 시사하는 바가 크다. 해방 직후의 정치적 행보와 이념적 선택이 비극적 결과로 이어진다고 해서 그들의 정치의식과 문학적 실천을 폄하할 수는 없다. 정치의식은 단순한 안목이나 선택의 문제가 아니다. 정치의식이 현실적 실천과 상호작용 속에서 성장하는 것이라면, 해방기는 정치의식이 성장하기에는 너무 짧았으며 정치적 선택항 역시 넓지 않은 시기였다. 현명한 자가 살아남는 것이 아니라 살아남았기에 현명한 것이듯, 이 시기의 실패는 그 주체가 어리석거나 단순했기 때문이 아니다. "그의 고전하는 모습은 당대 지식인이 걸어야 했던 비극적 운명의 실체를 보는 듯하다"는 언급처럼, 해방기라는 소란한 시대를 살았던 비극적 주인공들의 행적을 떠올려본다.

가명과 별명의 카니발
- 류경동 문학평론집

초판 1쇄 인쇄 2018년 1월 30일

지은이 류경동
편 집 강완구
펴낸이 강완구
펴낸곳 써네스트
디자인 임나탈리야

출판등록 | 2005년 7월 13일 제 2017-000293호

주 소 | 서울시 마포구 망원로 94, 2층 203호

전 화 | 02-332-9384　　　**팩 스** | 0303-0006-9384

이메일 | sunestbooks@yahoo.co.kr

ISBN | 979-11-86430-64-4 (93800)　　값 12,000원

2018ⓒ류경동

이 도서의 국립중앙도서관 출판예정도서목록(CIP)은 서지정보유통지원시스템 홈페이지
(http://seoji.nl.go.kr)와 국가자료공동목록시스템(http://www.nl.go.kr/kolisnet)에서 이용하실
수 있습니다. (CIP제어번호 : CIP2018002670)